安藤 宏
Hiroshi Ando

「私」をつくる

近代小説の試み

岩波新書
1572

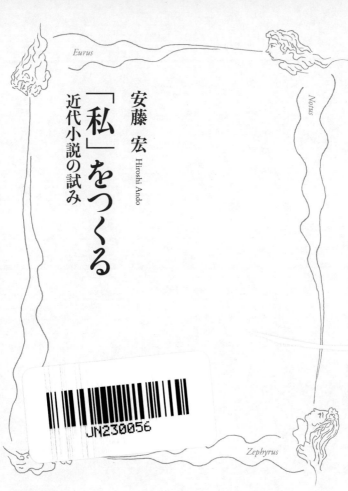

はじめに

文章には、それぞれその役柄に合った、演じられるべきスタイルとでもいうべきものがある。新聞の社説しかり、広告のコピーしかり、百科事典の記述しかり、それぞれ誰もが漠然と頭に浮かべるイメージのようなものがあるだろう。文章の側もまた、この暗黙の合意に沿って精一杯に〝らしさ〟をよそおい、これを演じて見せているのである。

これを小説に適用してみるとどうだろう。小説にもまた、いかにもそれが「小説」らしく見えるように、さまざまな工夫が凝らされているのではないだろうか。

いつの頃からだろう、作品から抽出された思想や世界観よりも、むしろその小説がどのように「小説らしさ」をよそおっているのか、といったことばかりが気になり始め、〝よそおい方〟こそが内容を決定していくのだ、という発想にとりつかれるようになってしまった。これはどう考えても正当な受け止め方ではないのではないか、と自問しつつも、近代小説の展開をこうした工夫の歴史として捉え直してみたい、という誘惑を断つことができなくなってしまったのである。

おそらく近代小説の特色は、世界をある一つの立場から整合的に語ることが可能であると考え、これを実践してみたところにあるのだろう。しかし試してみればわかることだが、現実にはそれはほとんど不可能に近いことである。たとえば世界を俯瞰《ふかん》的に語る視点と、現場の実況中継的な視点とをいかに両立させるか、という点一つをとっても、両者を調整し、縫合《ほうごう》していくのは実に至難の業《わざ》なのだ。

ここで仮に人形浄瑠璃で、舞台の世界を円滑に、スムーズに演出するために八面六臂《はちめんろっぴ》の活躍をしている黒子《くろこ》の存在を想定してみることにしよう。どのような小説にも実は隠れた演技者である黒子が潜在していて、さまざまな矛盾を解消すべく、独自のパフォーマンスを繰り広げているのではあるまいか。

仮に「X」としておいてもよいのだが、この黒子を作中に潜在する「私」と名付けてみてはどうだろう。潜在する「私」がある時は登場人物をよそおい、ある時は「何でもお見通し」をよそおっているのだと考えてみると、小説表現の持つ演技性が、よりはっきりと浮き彫りにされてくるように思われるのである。

念のために言っておくと、ここに言う「私」は作者を連想させつつも、あくまでもそれとは別物だ。作者の意図を受け、作中を自由に浮遊しながら小説に独自の奥行きを創り出していく虚構の言表《げんぴょう》主体なのである。

ちなみにこの隠れた「私」は大変寂しがり屋で、一人だけでは生きていくことができない。そのため、時に理解者である「あなた」を求め、あるいは「私たち」を構想すべく、現実の読者にさまざまな魔術を仕掛けてくることになる。その働きによって、日常とは異なる夢の世界に「私たち」を連れ出してしまうことすら不可能ではないのである。

潜在する「私」がどのようなパフォーマンスを繰り広げてきたのかを歴史的にふりかえってみると、その立ち現れ方には、いくつか興味深い法則のようなものがあることに気がつく。それはまた、日本語表現の特色や奥行きの深さについて考えるきっかけにもなるだろう。同時に「私」を使いこなす術《すべ》を身につけることは、文章を書く実践的なコツ、あるいはまた「小説」を書く創作方法のヒントになるかもしれない。

本書を手にした読者は隠れた「私」の役割に着目することによって、近代の名作と言われてきた小説群がこれまでとかなり違って見えてくることに、おそらく新鮮な驚きを感じることだろう。その意味でも本書は近代小説の読み解き方のガイドであり、小説表現の歴史を大きく概観するための道案内でもある。

これだけ〝効能〟を並べると、あるいは虻蜂《あぶはち》取らずのそしりをまぬがれぬかもしれない。しかし実際に書き進めてみると、右の問題は相互に切っても切り離せぬ関係にあり、だからこそ個々の観点が生き生きと見えてくることにあらためて驚かされたのである。そしてそれはまた、著者として、大変面白い発見でもあった。面白い発見である以上、これを自分一人のものにしておく手はない。

これを書いている「私」もまた、新書の「はじめに」を演じるパフォーマーだ。寂しがり屋の「私」はぜひ「あなた」にこれを伝え、「私たち」のものとしてその内容を共有したいという野望をひそかに抱いているのである。

目　次

第一章　演技する「私」

―近代小説の始まり、二葉亭四迷の実験―

文体の持つ力

近代の小説をそれ以前の文学作品と区別する指標とは何なのだろうか。

一見してもっともわかりやすいのは文章の違いだろう。たとえば夏目漱石の小説と『南総里見八犬伝』などの江戸後期の戯作《げさく》とを比べてみればその違いは歴然としている。時間差はせいぜい七〇年ぐらいであるにもかかわらず、片方は「現代文」であり、片方は「古文」である。

現在の高校の「国語」はこの二つに分かれているが、もちろんある日を境に突然切り替わったわけではない。いわゆる「現代文」のことを小説文体では「言文一致体」というのだが、これが小説の主流になっていくのは、ちょうど夏目漱石が文壇にデビューした明治三十年代後半あたりのことなのだった。それまでの三十余年間は、実は小説の文体が劇的に変化していく、大変興味深い過渡期だったのである。

少し具体的に追いかけてみることにしよう。

たとえば明治十年代に流行していたジャンルに、「西洋人情小説」という翻訳ものがある。西洋上流階級の男女の恋愛を扱った作品を、さらに日本の読者にわかりやすく意訳したものなのだが、これらは文明開化の風潮の中でエキゾチックな風俗習慣への興味を呼び起こし、人気を博したのである。中でもベストセラーとしてよく知られるのが、イギリスの小説家リットンの作品を丹羽純一郎が訳した『欧洲奇事花柳春話《かりゅうしゅんわ》』（明治一一～一二年）という作品なのだった。

次にあげるのはヒーローのマルツラバースがヒロインのエリスに別れ話を持ち出し、エリスがショックで気絶してしまう場面である。

マルツラバース忙《いそが》ハシク起《たち》テアリスノ側《かたわ》ラニ疾走《しっそう》シ之《これ》ヲ抱《かか》エテ呼ビ回《か》ヘスコト数声《すせい》、且《か》ツ謂《い》ツテ曰ク、余復《ま》タ離別ノ事ヲ言ハズト。右手ニアリスノ左手ヲ執《と》リ左腕ニ其頭《こうべ》ヲ抱キ冷水ヲ口ニ含ンデ朱唇《しゅしん》ニ灑《そそ》ギ去ル。此《この》時アリス漸《ようや》クニシテ眼ヲ開キ繊手《せんしゅ》ヲ伸バシテマルツラバースノ頸辺《けいへん》ヲ抱擁シ瞳《どう》ヲ正《ただ》フシテ顔ヲ見ル。マルツラバース密語シテ曰ク、余実ニ卿ニ恋着ス。焉《いず》クンゾ離去《りきょ》スルヲ得ンヤ。

（第六章）

これはもちろん言文一致体ではなく、漢文訓読体、つまり中国語を日本語に読み替える中で育ってきた文体である。口移しに冷水を与える場面など、おそらく当時の読者に大変新鮮な驚きを与えたことだろう。「私はあなたを愛している。もう去りなどしない」という意味の原語が、「余実ニ卿ニ恋着ス。焉クンゾ離去スルヲ得ンヤ」と翻訳されている箇所など、今日の読者はアナクロニスティックなおかしみを感じて思わず吹き出してしまうかもしれない。けれども当時としては、こうした漢文訓読体は日本の現実から離れた世界に入っていくための必須の手立てなのだった。男女の情事を描くには江戸戯作以来の人情本の文体があったはずだが、欧州の上流社会の恋愛を表現するには、それではあまりに俗に過ぎよう。格調と異国情緒を演出するために、ここではあえて日本語でありながらもとは外国語(中国語)であった、ニュートラルな文体が選ばれることになったわけである。

同じく恋愛を扱うに際し、これとおよそ異なる手立てに、平安朝以来の和文体があった。たとえば樋口一葉の『たけくらべ』(明治二八年)の結末の一節をあげてみることにしよう。龍華寺《りゅうげじ》の小僧の信如《しんにょ》と大黒屋(遊郭)の娘の美登利《みどり》とがついに互いの想いを知ることなく、片方は修行の旅に、片方は花魁《おいらん》の道をめざして別れ別れになっていく、結末の有名な場面である。

龍華寺の信如が我が宗《しゅう》の修業の庭に立出《たちいず》る風説《うわさ》をも美登利は絶えて聞かざりき、有《あり》し意地をば其《その》まゝに封じ込めて、此処《ここ》しばらくの怪《あや》しの現象《さま》に我れを我れとも思はれず、唯《ただ》何事も耻《はず》かしうのみ有けるに、或《あ》る霜の朝水仙の作り花を格子門の外よりさし入れ置きし者の有けり、誰《た》れの仕業《しわざ》と知るよし無けれど、美登利は何ゆゑとなく懐《なつ》かしき思ひにて違ひ棚の一輪ざしに入れて淋しく清き姿をめでけるが、聞くともなしに伝へ聞く其明けの日は信如が何がしの学林に袖《そで》の色かへぬべき当日なりしとぞ。
（一六）

伝統的な和文体は、思春期の少年と少女の、その想いの交差を抒情的に描いていく上で大きな効果を発揮している。一葉は平安期の王朝物語を基調に江戸期の井原西鶴の文体を織り交ぜるなど、さまざまな工夫を凝《こ》らしていたのだった。

森鷗外の『舞姫』（明治二三年）も「現代文」ではなく、「古文」である。格調高い場面は漢文の対句、ヒロインであるエリスの台詞《せりふ》には王朝物語文体を用いるなど、場面に応じて異質な文体が巧みに使い分けられている。結末でエリスは豊太郎《とよたろう》に裏切られたことを知り、「我《わが》豊太郎ぬし、かくまでに我をば欺き玉《たま》ひしか」と叫んで気絶するのだが、現実の修羅場では、この台詞は卑俗なドイツ語でなされていたにちがいない。それが千年前の王朝文学の言葉に〝翻訳〟されることによって、しがない下町の踊り子は、一躍悲恋のヒロイン、〝舞姫〟へとその姿を変えていくのである。

「言文一致」のめざした世界

このように明治の前半期にあっては漢文訓読体、和文体、翻訳体などさまざまな文体が並走しており、これらをいかに使いこなすかに小説家の創意工夫がかけられていたのだった。言葉は世界を切り分けていく手立てであり、漢文脈も和文脈も、それをもってしか表現し得ぬ、固有の世界観を背負っている。それらを捨てて当時、卑俗なものとされていた言文一致体で小説を書くのは、実は大きな冒険だったのである。

そもそも「言文一致」という言葉は、大変誤解を招きやすい言い方でもある。字義的には「言（話し言葉）」と「文（書き言葉）」とが一致している、という意味なのだが、そのような事態は人間が文字を使い始めて以来、かつて実現したことなどなかった。仮に話し言葉そのままに書いたつもりでも、書かれた時点でそれは別物になる。結婚式のスピーチをする時、あらかじめ原稿を用意して読み上げるとかえって不自然になってしまうように、たとえ会話に似せることはできても、文章それ自体は決して話し言葉にはならない。それはあくまでも、話している〝かのように〟よそおわれた言葉でしかないのだ。

そもそも規範性、記録性の要求される「文」と、その時々の流行によって変幻自在に姿を変えていく「言」とがかけ離れていくのはいわば宿命なのであって、両者の距離が開きすぎてどうにもならなくなってしまった時、それを縮めるために起こる文章の側からの改革運動を「言文一致」と称してきたのである。

明治の初頭は、公的には「言」と「文」との距離がもっとも開いてしまった時代であり、その溝をどう縮めていくかというのは近代国家の喫緊《きっきん》の課題でもあった。当時識字率が低かったのは必ずしも教育制度だけの問題ではなく、今日のわれわれが擬古文で日記を書くのが難しいのと同じように、すでに「文」を使いこなすにはかなりの修養が必要になってしまっていたのである。文章を平易な会話に近づけることはすでに必須の要請になっていたのだが、その際、小説はもともと落語や講談などの口承文芸に近接し、人物の会話が多い上に、多くは日常的なできごとを扱っているので、その格好の実験の舞台になったのだった。

『浮雲』の変貌

わが国の言文一致体小説のもっとも初期の試みである、二葉亭四迷の『浮雲』(明治二〇〜二二年)を例にこの問題について考えてみることにしよう。

主人公内海文三《うつみぶんぞう》は叔父の家に下宿する官吏であり、叔父の娘、お勢《せい》とは将来を暗に認められた仲である。だが、人員整理のために免職になったことをきっかけに、お勢の母お政《まさ》は急に文三につらくあたるようになる。文三のライバル本田昇《のぼる》は処世術にたけており、お勢に接近し、お勢もまた昇にひかれ、文三が焦燥の色を濃くするところで小説は中絶するのである。

『浮雲』は第一編が明治二〇年、第二編は翌年に刊行され、第三編はさらにその翌年に雑誌に発表されている。この足かけ三年の執筆期間中に、三編は戯作調から近代小説へ、あたかも異なる作品であるかのようにその文体を変化させていくのである。

こうした変化は、実は何よりも「語り手」の変化に如実に表れている。まず第一編の語り手は、いわば自在に作中を移動する、実況中継の視点であると言ってよい。個々の場面のどこかに内在し、時に主人公たちの後をこっそりつけ、「一所《いっしょ》に這入《はい》ツて見やう」と読み手に呼びかけ、あるいはまた、「シツ跫音《あしおと》がする」と注意を喚起しながら、読者と共に作中人物たちの会話を立ち聞きする存在である。いわば神出鬼没とも言うべき語り手が、読者の案内役をしてくれているわけである。ただしその一方で、この語りは、どうしても戯作的な茶化しや冷やかしの視点から脱することができない。

たとえば、文三が初めてお勢に恋心を自覚する重要な場面をあげてみよう。

お勢の帰宅した初《はじめ》より自分には気が付かぬでも文三の胸には虫が生《わい》た、（略）虫奴《むしめ》は何《い》時《つ》の間にか太く逞《たくま》しく成ツて「何したのぢやアないか」ト疑ツた頃には既に「添度《そいたい》の蛇《じゃ》」といふ蛇に成ツて這廻《はいまわ》ツてゐた……寧《むし》ろ難面《つれな》くされたならば食すべき「たのみ」の餌《え》がないから蛇奴《へびめ》も餓死《うえじ》に死んで仕舞《しま》ひもしやうが憖《なまじい》に卯《う》の花くだし五月雨《さみだれ》のふるでもなくふらぬでもなく生殺《なまごろ》しにされるだけに蛇奴も苦しさに堪へ難ねて歟《か》のたうち廻ツて腸《はらわた》を嚙断《かみちぎ》る……

（第二回　風変りな恋の初峯入《はつみねいり》　上）

こうした語呂合わせの見立てや茶化しは、むろんそれ自体の面白さはあるけれども、このやり方で登場人物の内面の心理までをもしっかり描き出すことはなかなか困難であろう。その反省からなのであろうか。第二編になると、たとえば文三をお勢の面前で侮辱する昇の態度に彼が業を煮やす場面を境に、語りの性格は大きく変化していくことになる。

面と向ツて図大柄《ずおおへい》に「痩我慢なら大抵にしろ」と昇《のぼる》は云ツた
痩我慢々々誰《たれ》が痩我慢してゐると云ツた、また何を痩我慢してゐると云ツた俗務をおツつくねて課長の顔色《がんしょく》を承《う》けて強《しい》て笑ツたり諛言《ゆげん》を呈したり四《よ》ツ這《ばい》に這廻《はいま》はツたり（略）頼まれても文三には其《そ》んな卑屈な真似は出来ぬ、それを昇はお政如き愚癡《ぐち》無知の婦人に持長《もちちょう》じられると云ツて我《おれ》程働き者はないと自惚《うぬぼれ》て仕舞《しま》ひ加之《しか》も廉潔な心から文三が手を下げて頼まぬと云へば嫉《ねた》み妬《そね》みから負惜しみをすると臆測を逞《たくま》しふして人も有らうにお勢の前で「痩我慢なら大抵にしろ」

口惜《くちお》しひ腹が立つ　余《よ》の事は兎《と》も角《かく》もお勢の目前で辱《はずかし》められたのが口惜しい

（第九回　すはらぬ肚《はら》）

それまで冷やかし半分であったはずの語り手はここで急に文三と共に怒りだし、彼に成り代わるかのように内面心理を説明し始めることになる。これによって文三は生き生きと躍動し、読み手もまた、自分が文三に成り代わったような気持ちの高揚を覚えることだろう。

しかし文三に肩入れしすぎてしまったせいなのだろうか、逆にそれが足かせとなって、今度は彼以外の人物の内面心理を語ることが難しくなってしまう。このため、第三編では再び体勢を立て直し、冷静さ、客観性を取り戻した語り手は、あたかも裁判官のようなニュートラルな視点から事件を解説し始めるのである。

お勢は実に軽躁《かるはずみ》で有《あ》る。けれども、軽躁で無い者が軽躁な事を為《し》やうとて為得《しえ》ぬが如く、軽躁な者は軽躁な事を為《し》まいと思ツたとて、なか〳〵為《し》ずにゝをられまい。（略）若《も》しお勢を深く尤《とが》む可き者なら、較《くら》べて云へバ、稍々《やゝ》学問あり智識ありながら、尚《な》ほ軽躁を免がれぬ、譬《たと》へば、文三の如き者ゝ（はれやれ、文三の如き者ゝ？）何としたもので有らう？人事《ひとごと》で無い。お勢も悪るかツたが、文三もよろしく無かツた。（第十六回）

何でもお見通しの全知の視点、とでも言ったらよいのだろうか。こうした視点の獲得によって、西洋一九世紀に主流であった「写実小説」の体裁がようやく整うことになるのだが、皮肉なことに、今日『浮雲』の心理描写として評価が高いのは、第三編よりもむしろ第二編の方なのである。語りが客観的になると文三もまた次第に精彩を失ってしまい、彼は不機嫌に二階にこもって周囲とのコミュニケーションを絶ち、小説も結局そのまま中絶してしまうのである。

場面の実況中継に徹するべきか、特定の人物に成り代わるべきか、あるいはすべてから距離をとり、全知全能の視点に立つべきか。実はこれは近代小説が抱え込んだ大きな課題でもあった。なまじ〝話すように書く〟などという試みを自覚的に始めてしまったために、近代の小説は「話しているのは誰なのか」という問題、つまり作中世界を統括する主体がどのような立場と資格で語るべきなのか、という大きな課題に突き当たることになってしまったのである。

世界を語る「資格」

一般に、特定の人物のみに寄り添って語る視点を一人称的視点、全体を俯瞰《ふかん》するように語る視点を三人称的視点という。このいずれの人称で語るか、というのは、実は小説全体をつかさどる叙述主体の「資格」にかかわってくる問題でもある。

坪内逍遙の『小説神髄《しんずい》』（明治一八〜一九年）の刊行前後から、西洋のノベルの訳語に「小説」の語を宛てるのが次第に一般化していくのだが、小説の中に西洋語の基底にある「主語＝語る主体」をどのような形で取り入れていくかというのは、実はなかなか難しい問題なのだった。

仮に世界をある一つの立場から統括し、整合的に語ることが可能であり、なおかつそのように努めなければならない、と考えるところに「近代」という時代の理念があったとするなら、こうした理念のもとでは、誰がどのような立場で語るのか、という「資格」が厳しく問われなければならない。仮に一人称的視点で語り始めたならば、それは最後まで一貫していなければならず、その人物に見えないはずの世界が描かれることがあってはならぬのである。たとえば漱石の『坊っちゃん』（明治三九年）は坊っちゃんの自己語り（一人称）なので、彼のいないところで赤シャツ（教頭）たちがどのような密議をこらしているかは、読者も知ることはできないわけである。

これに対し、日本の散文芸術（和文体）の歴史をふりかえった時、こうした制約からは基本的に自由である。物語にせよ、軍記にせよ、時に現場に密着したある一人の人物から語られているかと思うと、次の瞬間には全体を俯瞰する、全能的、パノラマ的な視点に切り替わっていたりもする。語る「資格」を厳密に考えると矛盾だらけになってしまうのだが、これをさして不自然に感じないのは、そもそも「人称」という概念自体が存在しなかったからなのだろう。一つの文章の中で主語が入れ替わることすら珍しくない和文脈においては、あるできごとに関してさまざまな立場からの心理や解釈を併走させる、その融通性にこそ〝客観〟の根拠が置かれてきたのである。

近代の小説は西洋一九世紀以降のリアリズム小説の手法を実現しようと試みる中で、「人称」という概念にあらたに出会い、その発想をどのように取り込んでいくかをめぐって展開された試行錯誤の歴史でもあった。伝統的な和文体の利点を生かしつつ、なおかつ小説全体を統括する主体を創生するには、はたしてどのような工夫が必要だったのだろうか。

潜在する「私」

日本語の特色を語る際にしばしば引き合いに出される例に、川端康成の『雪国』(昭和一二年)がある。小説は「国境の長いトンネルを抜けると雪国であつた」という著名な文章から始まるのだが、そもそもこの一文の主語は何なのだろうか。「国境」でもないし「トンネル」でもないし「雪国」でもない。『雪国』はその冒頭の第一行から、主語の明示されない不思議な文章から始まっているのである。

たとえばサイデンステッカーはこの部分を英語にする際に、"The train came out of the long tunnel into the snow country."(列車は雪国に向け、長いトンネルを抜け出した)と翻訳した。いわば雲の上から下界を見渡す三人称的な視点である。だが日本語の実感としては、"the train"(列車)を主語にすることにはかなりの違和感をともなう。この場合、観察する主体は下界を超越した立場にいるのではなく、刻一刻現場を移動しながら読者に情景を報告する、実況中継者と考えるべきなのではあるまいか。

この点に関してたとえば熊倉千之は、この場面を汽車に乗って観察している「私」の、「私」的時間の表出と捉え、"Hanako is sad."という一文を例に興味深い考察を行っている(『日本人の表現力と個性 新しい「私」の発見』一九九〇年)。「(誰から見ても)花子は悲しい」という客観的事実を前提とする西洋語に対し、日本語の場合は「(私が思うに)花子は悲しい(悲しそうだ)」という形で、一人称の語り手の判断が叙述に潜在している点にその特色があり、日本語の時制が一見曖昧に見えるのは、物語内容が語り手の心理的な「現在」に取り込まれて語られている点にその一因があると言うのである。

ここで仮に、場面に潜在するこうした「私」が、叙述の中で自在にパフォーマンスを繰り広げ、ある時は「一人称的視点」をよそおい、またある時は「三人称的視点」をよそおっている、と考えてみてはどうだろう。『雪国』は場面に潜在する「私」の機能を生かし、一見三人称の形態をとりながら、実況中継的な視点を演出してみせることに成功した一つの例である。いわば黒子《くろこ》のように、必要に応じて読者と作中世界とをつなぐ「私」をいかに機能させていくかに、日本語の言文一致体小説の成功がかけられていたわけである。

「客観」をよそおう操作

おそらく文学の歴史の中で、近代という時代ほど「客観性」が重要な価値として称揚された時代もほかにはなかっただろう。言文一致体の利点は、なんと言ってもその平明な「わかりやすさ」にあったのだが、これと並び、当時しばしばその長所とされたのが、記述の「正確さ」

なのだった。この文体が一般化したのは西洋の自然主義の文学理念が日本に入ってきた時期でもある。自然主義の「自然」は「自然科学」の「自然」のことで、近代科学が発達した現代の世において、文学もまた科学的な裏付けがなければならない、という発想がその背後にあった。そこで重視されるのは、物事を正確に写し取っていく写実主義の考え方で、こうした機運の中で、言文一致体は日常のできごとを〝ありのまま〟に描写していくのにもっともふさわしい手立てであると考えられたのである。

自然主義の「描写」論の代表例としてよく引かれる、田山花袋の「平面描写」の主張を参考にしてみよう。

聊《いささ》かの主観を交《まじ》へず、結構を加へず、たゞ客観の材料を材料として書き表はすと云ふ遣《や》り方、それをやつて見やうと試みたのです。単に作者の主観を加へないのみならず、客観の事象に対しても少しもその内部に立ち入らず、又人物の内部精神にも立ち入らず、たゞ見たまゝ聴いたまゝ触れたまゝの現象をさながらに描く。云はゞ平面的描写、それが主眼なのです。

(『生《せい》』に於ける試み』明治四一年)

しかし、そもそも〝あるものをあるがままに写す〟ことなど、はたしてどこまで可能なのだろうか。たとえ写真であっても撮る人間の主観を完全に排除できないことは明らかで、ましてやこれを日常言語に近い言葉で実現するのは、至難の業《わざ》であるにちがいない。

どうやら花袋自身も本気でそのようなことが可能であると信じていたわけではなかったようで、たとえば彼の『描写論』（明治四四年）をみると、「現して見せやうとする」「描いて見せる」といった説明がくりかえし出てくることに気がつく。そこで問われているのは理論や原理というよりも、むしろいかに〝ありのまま〟をよそおうか、という技術の問題だったのである。

花袋の『描写論』によれば、小説は単なる「記述」ではなく、「描写」でなければならぬのだという。たとえば「梅が咲いて居《い》る」という一文は記述だが、「白く梅が見える」なら描写になるというのである。一般的には「咲いて居る」とした方が客観的な事実の提示のように思えるのだが、「見える」「聞こえる」という知覚動詞で文を結んだ方が「描写の気分」に近くなるというのである。

ところがこの場合、誰に見え、誰に聞こえたのかはついに最後まで明らかにされることはない。あえて言えば、それは外からの視点ではなく、物語の内部に浮遊する虚構の知覚主体なのであり、個々の場面に出没し、ひそかにのぞき見し、聞き耳を立てつつ、それでいて自身が存在しないかのように抑制的にふるまう、隠れた「私」なのである。

あわせて島崎藤村の『春』(明治四一年)を確認してみることにしよう。『春』は自然主義を代表する作の一つで、藤村、北村透谷らの若き日の青春群像を描いた長編小説である。

酔《よい》が発するに随《したが》つて青木の神経は過敏に成《な》るばかりであつた。飲めば飲むほど感傷の度を増して来る、といふ風で、非常に凄惨《すご》い声を出して笑つた。それを聞くと、嘲《あざわら》つて居《い》るのか、笑つて居るのか、それとも泣いて居るのか解らなかつた。斯《こ》ういふ笑ひ方をする時の青木の容貌《かおつき》には狂《きちがい》じみた様子が顕《あらわ》れる。さうなると酷《ひど》く物を気にする。『僕には君等の知らない敵があるからね』と彼の眼が言ふやうに見えた。

(九)

青木(モデルは透谷)が東北に旅立つにあたって、岸本(モデルは藤村)ら旧知の仲間と別れの杯を交わす場面なのだが、「~といふ風で」「彼の眼が言ふやうに見えた」とあるのは、そもそも誰の判断なのだろうか。語りは全知の視点に立っているので、本来すべての人物の内面心理を断定できるはずなのだが、作中にはこのような推定表現が実にしばしば登場するのである。やはりここでも酒盛りの場にいる誰か――黒子としての「私」――が場面に内在的な実況中継の役割を果たしている、と見るべきなのだろう。その隠れた「私」が自在に立ち回り、伝統的な和文脈の性格を生かしつつ、同時に世界を統括する主体を求める近代小説の要請にも応《こた》えようとしている、と考えるべきなのではあるまいか。この「私」をいかに使いこなしていくかに、「言文一致体」というあらたな文体の成否がかけられていたように思われるのである。

「私」をいかに描くか

今まで述べてきたのはいわば三人称的な客観性をよそおう「私」とでも言うべきものなのだが、それでは「一人称」で書かれている小説の場合はどうなのだろうか。すでに「私」が主語なのだから、この場合は隠れたり現れたりする演技も必要ないのではないか、と思われるかもしれない。しかし実は一人称の「私」もまた、もう一人の「私」によってつくられ、演出されている「私」なのである。

たとえば友人と喧嘩をし、その日の日記に「私」が経緯を書いてみたと仮定してみることにしよう。当然のことながら「私」はかなり感情的になっており、自分を一方的な被害者として正当化してしまっている可能性がある。後日、冷静になって読み返すなら、おそらくそこに大きな違和感を感じることだろう。その違和感は事件の渦中にいた「描かれる私」に対するものというよりもむしろ、事件を記述していた、感情的になっていた「描く私」に対するものである。仮に冷静にもう一度、「描く私」の体勢を立て直してみるなら、強すぎた正義感とか、嫉妬深さとか、それまで見えなかったさまざまな側面が発見され、当初とはおよそ異なる物語ができあがるにちがいない。

このように小説の中の「私」もまた、潜在する「描く私」によってバイアスがかけられ、自在に変形された「私」である。たとえば太宰治の『人間失格』(昭和二三年)が「失格者」という最終到達地点から自身を振り返り、あらためてつくり直された自伝であるように、一人称小説をつくる要点は「描く私」のスタンスをどのように定めていくかにかかっている。「描く私」は叙述に直接姿を現さないこともあるし、「この小説」の書き手としてさりげなく姿を現すこともあるだろう。顔を出さないことも一つの表現の手立てだし、顔を出しているからといって、それがそのまま〝素顔〟である保証もない。作者はこれらの操作を通し、読者を魅惑に満ちた虚構世界にいざなおうとしているわけである。

「三人称」の世界の背後に「私」が隠れているように、「一人称」の「私」もまた「演じられた私」である。このように考えてみることによって、小説の読みはかぎりなく豊かなものになっていくように思うのだ。

演技する「私」

一般に小説の語り手が「私」で作者その人を連想させる場合、われわれは作者自身の実体験の報告、と思って小説を読んでしまいがちである。主人公に小説を書いた人の生き方を重ね合わせ、作者がどのような人だったのかに思いをめぐらせてみる、というのはある意味では自然な読み方で、これがいちがいにまちがいであるとは言えない。

しかしここで、小説表現の面白さをより深く味わうために、あえて発想を転換してみることにしよう。仮に小説の書き手である実在の人物が主人公であるように書かれていたとしても、作中の「私」は現実の作者とイコールではなく、虚構の「作者」をみずから演じ、それを絵解きにして小説を読むよう、読者をいざなっているのだ、と考えてみることはできないだろうか。

たとえば太宰治に『恥』（昭和一七年）という短編小説がある。主人公の女性は一読者として、戸田という小説家の作品を軽蔑しつつも、内心惹《ひ》かれるものを感じている。彼女は小説を通して戸田の身辺の事情、醜い容貌、貧困、吝嗇《りんしょく》、病のことなどもすべて知悉《ちしつ》していると信じている。見るに見かね、もう少し健康と人格の向上に努めるよう助言する手紙をしたためたりなどもしていたのだが、ある日、意を決して本人の家を訪ねたところ、小説とはあまりに違う端正なたたずまいに驚いてしまう。戸田は自分の小説はすべてフィクションなのだとあたり前のように語り、主人公は大恥をかくのである。

ここにはまず第一に、いかに作者を連想させる人物が描かれていてもそれは事実ではなくフィクションである、という主張がある。次にそれは全くのフィクションなのではなく、そこには同時に「作者」を錯覚させる操作があり、その錯覚を利用して作者は小説を書いているのだ、という示唆がある。さらに言えば、そこには作者のこうした意図も読者にあらかじめ理解しておいてほしい、という願望までもが託されているようだ。何しろ書いているのは「太宰治」であり、戸田という小説家も明らかに太宰その人を連想させる設定なのである。

こうなると、読者は主人公に作者を重ねてほしい、という要求と、重ねないでほしい、という要求を同時に発信されているようで、どうしていいか困ってしまう。そしておそらくはこうした矛盾するシグナルにこそ、虚構が虚構たるゆえんが隠されているのではないだろうか。

近松門左衛門は「虚実皮膜《きょじつひまく》」の説を唱え、真実は常に「虚」と「実」とのあわいにあるとした。「小説」もまた「事実である」というメッセージと、「事実ではない」というメッセージを同時に発信し、読者を「虚実皮膜」の世界に誘い込んでいくことにそのねらいがある。「事実」の「報告」を前提に出発するからこそ、逆に作者は「いかにも事実に見えるウソ」を表現することができるわけで、そもそも虚構とは、こうしたダブルバインド(二重拘束状況)を仕掛けていく技術の謂《いい》にほかならない。そしてその際に作中の「私」はその演技によって、したたかにこうした状況をつくり出す役を果たしているのである。

「作者」を演じるということ

くりかえして言えば、作中の「私」は作者その人ではなく、あくまでも「作者」であることを演技している「私」である。仮に作者の実生活を描いた小説があった場合、「私」がいわばリングネームとしての「芥川龍之介」や「太宰治」を演じて見せているのだ、と考えてみてはどうだろう。「私」の演技によって読者の間に「芥川龍之介」や「太宰治」のイメージが次第に醸成されていき、その共通理解を元に、真の作者はさらにあらたな小説を書いていくことが可能になる。たとえば太宰治に関して言えば、自殺未遂をくりかえし、薬物中毒に苦しみながらも自身の弱さから目をそむけず、既成のあらゆる権威に戦いを挑み続けた無頼派作家、というイメージは、実は小説を書くために、あるいは小説を受け取るために、作り手と受け手とが共につくり上げた伝承世界でもあったのではないだろうか。作者はこうしたシグナルを巧みに小説に埋め込むことによって「太宰神話」を創生し、それを背景にさらにあらたな作品を書き継いでいくことが可能になるわけである。

不特定多数の読み手がそれぞれ密室で書物を享受する近代の活字文化にあっては、ある内容が「小説」となるいきさつを書き手と読み手が共有するための「場」が、作品それ自体の中に括《くく》り入れられなければならない。その際、一人称の「私」は叙述の中を自由に行き交い、物語と読者との間をつなぐトリックスター（道化役）の役割を果たすことになるだろう。時に三人称をよそおい、時に特定の登場人物をよそおい、また時に小説の作者に成り代わることによって、小説がまさに「小説」であり、単なる自伝やノンフィクションではないことをみずから主張してきたのである。

以下、この愛すべき道化役者としての「私」の跳梁《ちょうりょう》を追尋《ついじん》してみることによって、近代小説の知られざる魅力を導き出してみることにしよう。

第二章

「私」をかくす

―「三人称」のつくり方、夏目漱石の試み―

文末表現のゆれ

文章を書く際に、文末をどのように結ぶか、というのは常に大きな悩みの種である。誰でも一度は、書いた文章を少し醒めた目で読み返し、「〜である」がやたらに乱発されているのに気がついて、「何を偉そうに……」という違和感を覚え、気恥ずかしさにいたたまれない思いをした経験があるのではないだろうか。

おそらく原因は文章が未熟だから、ということだけにあるのではないだろう。そこには書き手の判断をどのように、あるいはどこまで打ち出していくかをめぐる、現代日本語の宿命的な困難が潜んでいるように思われるのである。

たとえば「〜なのである」「〜なのだ」という断定を「〜と思われる」「〜と考えられる」などに置き換えてみると〝気恥ずかしさ〟が多少とも減じるような気がするのはなぜなのだろう。自分の見解が一般的な妥当性を持っているかのようによそおうことができて、ひとまず安心するからなのだろうか。あるいはその背後では、主観的な判断と客観的な妥当性との間にいかに折り合いをつけるかをめぐる、ギリギリの駆け引きが展開されているのではあるまいか。おそらくそこで問われているのは、たしかにあるはずの「私」の判断を、あたかもない〝かのように〟よそおってみせるしたたかな技術なのである。

古文ならば「なり」「たり」あるいは「候」という定型表現で解決していたはずのこの問題は、近代になってなまじ「言(話し言葉)」と「文(書き言葉)」とを一致させようという改革が始まってしまったために、あたかもパンドラの箱を開けたように、一気に表に吹き出してきてしまった観がある。「〜である」を段落の最後の文章だけに使ってみたり、動詞の終止形を織り交ぜてみたり、体言止めを取り入れてみたり、おそらくわれわれは「偉そうに」見えてしまう突出——「私」の判断の露骨な表出——を避けるために、今後もさまざまな試行錯誤を繰り返していくにちがいない。この問題に関してはいまだ大方の合意があるわけではなく、長い歴史で見れば、「言文一致体」はまだ形成過程にある、はなはだ不安定な文体なのである。

以下本題に入ろう。

実は右の事情は言文一致体でどのように小説をつくっていくか、という近代小説の問題にほぼそのままスライドさせて考えてみることができる。実際には叙述主体である「私」はたしかにあるのだけれども、物語を効果的に演出していくために、あたかもそれがない〝かのように〟操作する必要にせまられることもある。近代小説をこうした「私」を隠す、あるいは巧妙に打ち出していくための技術の歴史として眺めた時、はたしてどのような風景が見えてくるだろうか。

『三四郎』の文末表現

夏目漱石の『三四郎』(明治四一年)を例に考えてみることにしよう。この小説は漱石が職業作家としてスタートをきってまだ間もない、初期の名作として親しまれている。主人公の三四郎は熊本から上京して帝大に入学するのだが、見るもの聞くものが目新しい東京の風景に圧倒されてしまう。たとえば次のように……。

三四郎が東京で驚ろいたものは沢山ある。第一電車のちん〳〵鳴るので驚ろいた。それから其ちん〳〵鳴る間に、非常に多くの人間が乗つたり降りたりするので驚ろいた。次に丸のうちで驚ろいた。尤《もつと》も驚ろいたのは、何処《どこ》迄行つても東京が無くならないと云ふ事であつた。しかも何処をどう歩《あ》るいても、材木が放り出してある、石が積んである、新らしい家が往来から二三間引つ込んでゐる、古い蔵が半分取り崩されて心細く前の方に残つてゐる。凡《すべ》ての物が破壊されつゝある様に見える。さうして凡ての物が又同時に建設されつつある様に見える。大変な動き方である。

三四郎は全く驚ろいた。要するに普通の田舎者が始めて都の真中《まんなか》に立って驚ろくと同じ程度に、又同じ性質に於て大いに驚ろいて仕舞《しま》った。　（二の一）

右の文章から、まず文末表現だけを拾い上げてみることにしよう。「〜た」で結ばれている場合と、動詞の現在形で終わっている場合とがほぼ半々に入り交じっていることに気がつく。一般的に、「〜た」は過去のできごとであることを示す文末表現だが、それだと過去のできごとと現在のできごとが同時に交錯していることになるので、はなはだおかしなことになってしまう。しかしわれわれはさしてそれを不自然には感じない。つまり「（三四郎は）大いに驚ろいて仕舞った」という場合の「〜た」は過去のできごととしてよりもむしろ、語り手が三四郎の視点を離れて彼を外側から観察し、概括的に説明する三人称的な表現であることのシグナルと見るべきなのだろう。それに対し、「放り出してある」「積んである」「様に見える」といった動詞の言い切りの形は、三四郎にとって東京がどのように見えるのか、という、いわば彼に寄り添った一人称的な視点であると言ってよい。この二つの視点を交互に織り交ぜ、立体的に構成してみせている点に作者の創意と工夫があるわけである。

るかもしれない。

二つの視点の「危険な関係」

この問題はミニチュアのドールハウスやジオラマを例に考えてみると、よりわかりやすくな

町や村のミニチュア模型を見る楽しさは、世界をトータルに所有してみたいというわれわれのうちなる欲望に発している。上から立って眺めると学校や病院の配置を一望できるのだが、それはいわば「~た」に表される統括的な、三人称的な視点である。それに対して見る側ががみ込んで、人形の一つ(一人)になったつもりで広場から時計台を見上げてみる楽しみ方もあるだろう。それはいわば動詞の言い切りの形に代表される、現場の一人称的な視点であると言ってよい。この二つの視点を自由に織り交ぜることによって、われわれは初めて一個の世界をトータルに所有し得たと感じるわけである。

三人称的な視点と一人称的な視点と――おそらくはこの両者をいかに組み合わせるかに言文一致体の〝小説づくり〟のポイントがあった。そしてこの場合、要点の一つは文末詞の「~た」をいかにうまく使いこなすか、にあると言ってよい。

たとえばこの点に関して野口武彦は、日本文学にもともとなかったはずの三人称の概念が近

代小説に定着していくプロセスとして、標識記号としての「〜た」を興味深く論じている(『三人称の発見まで』一九九四年)。実は谷崎潤一郎が『現代口語文の欠点について』(昭和四年)という文章の中で、文末の「〜た」に思わず「のである」を書き加えてしまいたくなる書き手の心理を問題にしているのだが、野口はこれを取り上げ、そこには三人称と一人称との間の「或る微妙な、いわば危険な関係」があるのだという。たとえば他者の心理を「嬉しかった」と表現すると、なぜそこまで客観的に断定できるのか、という不自然さを打ち消すことができない。そこに話し手の判断として「〜のである」を付け加えたくなってしまうのは、一般的な妥当性と話者の判断とのギリギリのせめぎ合いがあるからなのであって、それを野口は客観世界に主観が介入しかねない、「危険な関係」だというのである。「嬉しかったのである」という表現は、この場合、三人称的な事実の提示と一人称的な判断とのせめぎ合いの産物としてあるわけである。

こうした例から浮かび上がってくるのは、日本の近代小説においては、「〜た」に表象される「かつて―そこに―あった」世界を提示する視点が不可欠だが、同時にそれだけで作中世界を構成することはできず、背後でそれを読み手に伝えている叙述主体――隠れた「私」――の判断が同時に求められることになるという、はなはだ興味深い事実なのである。

「猫」の変貌

たとえば前章に紹介した『雪国』は、場面に潜在する「私」の機能を生かし、一見三人称の形態をとりながら、実況中継的な視点を演出してみせることに成功した例と言えるだろう。「トンネルを抜けると雪国であつた」という判断は、列車から窓の外を見ている視点人物島村のものであると同時に、小説世界全体を統括する「私」の判断をも思わせるものである。読者は島村と共に景色を見ると同時に、その島村もまた「誰か」に見られている、という二重感覚が、先のミニチュア世界の例のように、小説世界を立体化し、奥行きあるものにしているわけである。場面に潜在する「私」は叙述の中で自在にパフォーマンスを繰り広げ、ある時は「一人称的視点」をよそおい、またある時は「三人称的視点」をよそおっていく。場面に応じて「私」はカメラのフォーカスのように自由に位置取りを変えていくわけで、この両者の案配をどのように定めていくかに、近代小説の文体のもっとも大きな工夫のポイントがあったわけである。

以下夏目漱石を例に、彼が小説家としてこの二つの視点の配合にいかに苦労したのか、どのように「三人称」のつくり方を身につけていったのか、というプロセスをたどってみることにしよう。

小説家としての出発期にあって、漱石は一見もっとも簡単に思われる書き方、つまり「私」を主人公にするやり方からスタートしている。しかし実際にやり始めてみると、それは予想よりもはるかに困難なものだったようだ。

たとえば事実上のデビュー作、『吾輩は猫である』(明治三八〜三九年)の場合、「吾輩(猫)」に見える世界が現在進行形の実況中継で語られている。この小説は発表と同時に大きな反響があり、掲載誌「ホトトギス」を主宰《しゅさい》していた友人、高浜虚子の勧めもあって連載が延びていくのだが、本格的な長編を構成するためにはどうしても三人称的な視点が必要になってしまう。

猫は当初、主人である苦沙弥《くしゃみ》先生の家を訪れる客たちを観察するだけではなく、車屋の黒や琴の師匠宅の三毛子らと共に「猫族」の世界を生きていた。しかし小説の目的が人間世界の風刺に絞りこまれていくにともない――具体的には二章で恋人の三毛子が死んだのをきっかけに――猫の世界から足を洗い、人間世界の観察者に役割が限定されていくことになる。しかし一匹の猫にとって作中世界のすべてを統括するのはやはり荷が重すぎたようだ。九章に至り、彼は突然、次のような主張を開始するのである。

吾輩は猫である。猫の癖にどうして主人の心中をかく精密に記述し得るかと疑ふものがあるかも知れんが、此位《このぐらい》な事は猫にとつて何でもない。吾輩は是《これ》で読心術を心得て居る。いつ心得たなんて、そんな余計な事は聞かんでもいゝ。ともかくも心得て居る。（略）当夜主人の頭のなかに起《おこ》つた以上の思想もそんな訳合《わけあい》で幸にも諸君に御報道する事が出来る様に相成《あいな》つたのは吾輩の大《おおい》に栄誉とする所である。（九）

猫がここで唐突に「読心術」を主張し始めるのは、人物の内面心理をさまざまな角度から説明していく三人称的、全能的な視点が必要だったからにほかならない。連載が長期化していくその過程は、一人称の視点から出発した「小説」には何が必要になるのか、が「猫」の変貌を通して次第に明らかになっていくプロセスでもあったわけである。

『草枕』の「非人情」

ほぼ並行して書かれていた漱石の作品に『草枕《くさまくら》』（明治三九年）がある。主人公は一人の画工で、旅先の温泉宿で「那美《なみ》さん」という、奔放に生きる不思議な魅力を持った女性と知り合う。語り手である「余（画工）」は登場人物（当事者）でありながら、一方で彼女の魅力に惑わされず、これを客観的に読者に報告していく責務を負っている。そのために必要とされたのが、彼が俗世から離れた「非人情」の境地に立って世の中を写生していく、という設定なのだった。

余《よ》も是《これ》から逢ふ人物を——百姓も、町人も、村役場の書記も、爺さんも婆さんも——悉《ことごと》く大自然の点景として描き出されたものと仮定して取《と》こなして見様《みよう》。尤《もっと》も画中の人物と違つて、彼等はおのがじゝ勝手な真似をするだらう。然《しか》し普通の小説家の様に其勝手な真似の根本を探《さ》ぐつて、心理作用に立ち入つたり、人事葛藤の詮議立《せんぎだ》てをしては俗になる。（略）是《これ》から逢ふ人間には超然と遠き上から見物する気で、人情の電気が無暗《むやみ》に双方で起らない様にする。さうすれば相手がいくら働いても、こちらの懐《ふところ》には容易に飛び込めない訳だから、つまりは画の前へ立つて、画中の人物が画面の中をあちらこちらと騒ぎ廻るのを見るのと同じ訳になる。間三尺も隔てゝ居れば落ち付いて見られる。あぶな気《げ》なしに見られる。言《こと》を換《か》へて云へば、利害に気を奪はれないから、全力を挙げて、彼等の動作を芸術の方面から観察する事が出来る。（一）

画工はこうした「非人情」の立場を守ろうとするのだが、これはいわば、外からの観察に徹する三人称的な視点であると言ってよいだろう。一人称の語りはどうしても主観的なものになってしまうので、冷静な観察者としての立場をどこかに確保しなければならない。と同時に当事者である以上、最初から最後まで局外から観察するだけ、というわけにもいかない。はからずもこの小説は、一人称の語りに三人称の視点を取り込むことがいかにして可能か、という実験にもなっているわけである。

結局、画工は最後まで「画」を描くことなく終わってしまうのだが、仮に「画」を「小説」の比喩(メタファ)として考えてみると興味深い。この事実は、「私」が当事者でありながら三人称をよそおうことの困難を象徴的に示しているかのようだ。

だが、画工の挫折は、イコール『草枕』の〝失敗〟ではなかった。「非人情」をよそおう「余」のやせ我慢や、抑制しながらもにじみ出てくる「人情」の片影はこの小説の大きな魅力になっているわけで、どうやらポイントは、一人称的な視点が三人称をよそおう、その「よそおい方」にこそあり、その破綻や挫折を通して内容にさまざまなふくらみが出てくる点にあるようなのである。

『三四郎』の世界

実は『吾輩は猫である』と『草枕』では文末詞「〜た」が使われることはほとんどなく、大半は動詞の言い切りの形なのだった。漱石が本格的に「〜た」を使い始めるのは続く『三四郎』からだったわけで、この事実はこの小説をきっかけに、「三人称」の試みが本格的に始まったことを示している。

あらためて、『三四郎』の内容を整理しておくことにしよう。

大学に入った三四郎は、構内の池のほとりで偶然出会った女性、美禰子《みねこ》に心を惹かれる。美禰子も三四郎にある種の好意を持っているようなのだが、三四郎から見ると、何やら思わせぶりな態度のようでもある。彼女は大学で研究を続けている野々宮（三四郎が世話になっている郷里の先輩）とも交際している形跡があるが、その関係は必ずしもうまくいっていないようだ。三四郎は意を決して美禰子の真意を確かめようとするのだが、その矢先に小説はあっけない結末を迎えてしまう。彼女はすでに婚約しており、しかもその相手は野々宮でも三四郎でもない、見知らぬ第三の男なのだった。

美禰子はかねてから原口という画家のモデルになっていたのだが、できあがった画の構図は、実は三四郎と出会った池のほとりの場面であったことが判明する。「われは我が愆《とが》を知る。我が罪は常に我が前にあり」というのが美禰子が三四郎に残した最後の言葉なのだった……。

三四郎の立場に立って読んでいると何とも歯がゆい思いがするけれども、同時にわれわれは茫洋《ぼうよう》として万事に疎《うと》い彼のありように、不思議な共感を覚えたりもする。かってみずからもまた一人の「三四郎」であったことを思い起こし、人生が不可知であることに戸惑いを感じていた青春期の感覚を、ある種の郷愁と共に反芻《はんすう》するからなのかもしれない。

もう一つのストーリー

この小説の語りは基本的には三四郎に密着し、彼に見えた世界をさながらに報告していく形がとられている。三四郎のいない場面で野々宮と美禰子の間にどのような会話があったのかは謎であり、地の文の語りが美禰子の心理を解説する場面もほとんどない。三四郎に見えないように、われわれ読者もまた目隠しをされ、美禰子の真意を知ることはできないのである。そして実はこの場合、まさにこの〝目隠し〟作用こそが読者の想像力を呼び込む、魅力ある「空所」を生み出してくれているのではないだろうか。

試みに、ここで三四郎には見えなかったもう一つのストーリーをつくってみることにしよう。彼には気の毒だが、実は美禰子が一貫して慕っていたのは野々宮だったと仮定してみるとどうだろう。大学の研究室に閉じこもり、すべてを理詰めに考えていこうとする彼に、彼女はある種のいらだちを隠せなかった。迷いの生じた美禰子は三四郎に対し、自分たちを「迷　羊《ストレイシープ》」になぞらえて謎かけしてみるのだが、三四郎にはそれが理解できない。あまりにも異性の思惑に疎い三四郎のおめでたさに、読者としては思わずため息が出てしまうところである。彼女は三四郎に〝保険〟をかけていたのだが、結局時間は待ってくれなかった。将来を決定する必要に迫られた美禰子は自らの青春に訣別し、きわめて現実的な第三の道を選ぶことになる。その意味でもここに描かれているのは三四郎、美禰子、野々宮三者三様の挫折の姿なのであり、過酷な現実に強いられ、当初の可能性が一つ一つ消えていくことの中にしか「青春」の実質が存在しないことを、この小説はひそかに暗示しているようでもある。

こうした「もう一つのストーリー」は、作中に必ずしも明示されているわけではない。従来から根強くある「野々宮恋人説」に私が多少潤色してつくってみた解釈である。おそらくこうした類推が可能になるのは、この小説の語りが基本的には三四郎に寄り添いつつも、同時に「〜た」に象徴される、物語全体を統括する視点が混在している点に由来しているわけである。

老獪《ろうかい》な語り

『三四郎』を語っている主体はみずからの判断を表に出すことはほとんどないのだが、逆に言えばわずかに顔を出す箇所に、読者は思わず目を引きつけられてしまう。たとえば先ほども引用した、都会の喧噪に驚く三四郎の姿を描いた場面の直後に次のような概括がある。

世界はかやうに動揺する。自分は此《この》動揺を見てゐる。けれどもそれに加はる事は出来ない。自分の世界と、現実の世界は一つ平面に並んで居りながら、どこも接触してゐない。さうして現実の世界は、かやうに動揺して、自分を置き去りにして行つて仕舞《しま》ふ。甚だ不安である。

三四郎は東京の真中に立つて電車と、汽車と、白い着物を着た人と、黒い着物を着た人との活動を見て、かう感じた。けれども学生々活の裏面に横《よこた》はる思想界の活動には毫《ごう》も気が付かなかつた。――明治の思想は西洋の歴史にあらはれた三百年の活動を四十年で繰返してゐる。　（二の二）

これを見るかぎり、語り手は三四郎に見えていること、見えていないことをしっかり把握しているようだし、その背後に独自の文明批評の視点も兼ね備えているようだ。もちろん次の瞬間にはすぐにまた茫洋とした三四郎の視点に寄り添ってしまうのだが、作中の随所にこうした意味ありげな記述が顔を出すのが大変気になるところである。

そもそも作中には生活苦から飛び込み自殺をする女や子供の葬式など、過酷な現実の姿が随所に点綴《てんてい》されていた。語り手はこうした現実社会のありようをさりげなく示唆した上で、それがよく見えていない、あるいは見ようとしない三四郎の限界をしっかり見据え、その上であえて彼のナイーブな感性に寄り添って見せているようなのだ。

当然、こうした洞察力をもってすれば美禰子の真意が見えないはずはないのだが、ことこの点になると、急にこの語り手は口をつぐんでしまう。三四郎にわからないように、読者もまた〝目隠し〟をされて美禰子の心情を隠されてしまうのだ。語り手は主人公の視点（一人称的な視点）と全体を俯瞰する視点（三人称的な視点）を話柄《わへい》に応じて使い分け、特定の事象（美禰子の真意）に関してのみ当事者（三四郎）に同化してしまうために、言説にきわめて重要な空白部分が生み出されていくのである。

〝なりきり―目隠し〟の法則

ここで仮に、読者の想像力を呼び込むためにつくられるこうした空白生成作用を、〝なりきり―目隠し〟の法則、と名づけておくことにしよう。

『雪国』の例で触れたように、一見三人称の形をとっている小説の背後にも、それを読者に語る「私」が潜在している。文末詞「〜た」に象徴される「かつて—そこに—あった」世界をよそおう度合いが増えれば増えるほど、「私」の隠れる度合いもまた増すことになるだろう。しかしそれはあくまでも隠れているだけなのであって、決してゼロになったわけではない。ここに言う三人称は、いわば「演じられた三人称」とでも言うべきものだ。『三四郎』の文明批評のケースのように、この語りは時に何でも見通しているかのようにふるまい、時に特定の登場人物になりきり、その人物に見えない部分にはあえて頰被りをしてしまう。結果的にある話柄にかぎって〝目隠し〟状態が生み出されるために、読み手にはそれを埋めるべく「もう一つの物語」を構想する余地が生じることになるのである。

仮に三四郎その人の目線に立った実況中継に終始したとするなら、世界はついに茫洋としたままで終わってしまうことだろう。一方で全知全能の視点からすべてを説明し尽くしてしまったならば、誰が読んでも疑いようのない平板な叙述に終始してしまうことだろう。〝なりきり—目隠し〟の作用によって、読者は互いに共有できずに終わった三四郎、美禰子の物語を、いわばそれぞれの可能性として受け止め、共に生きることができるわけである。

素朴な一人称の形ではなく、「〜た」に象徴される「三人称のよそおい」を手にし、叙述主体である「私」を潜在させることができるようになってから、日本の近代小説は大変魅力ある表現の手立てを手にすることができた。私はこの〃なりきり－目隠し〃の法則を適用することによって、一般に「三人称小説」と言われている小説のかなりの部分を魅力的に読み直していくことができるのではないかと考えている。語りが誰にどのように共犯的に寄り添い、どのような「目隠し」状態が生じるのかを分析するスキルを磨くことによって、われわれ読者はそれまでの小説解釈をさまざまに塗り替えていく喜びを手にすることができるわけである。

『それから』の「目隠し」効果

参考までに『三四郎』の次に書かれた『それから』(明治四二年)についても触れておくことにしよう。

主人公代助《だいすけ》は、三千代に惹《ひ》かれながらも、義侠心から彼女を友人の平岡に譲ってしまう。数年後、平岡夫妻と再会するが彼らは必ずしも幸せそうではなかった。こうした中で彼は次第に「自然の愛」に目覚め、ついにそれを人妻である三千代に告白し、「社会の掟」との対立を覚悟して破滅に向かっていく……。

前作の『三四郎』に比べ、『それから』は文末の「～た」の割合が圧倒的に増えていることに気がつく。「〜た」は「三人称」のよそおい、つまり〝なりきり—目隠し〟のシグナルでもある。この小説の場合、〝目隠し〟されているのは平岡に三千代を譲った過去の詳しい心理的経緯と、譲られたまま今日に至っている三千代の心情、さらには平岡と三千代との現在の実質的な夫婦の関係、といったものである。これらはすべて代助の側の一方的な記憶や観察、類推として語られ、この点に関して語り手は彼に「なりきり」、共犯関係を結んでしまうので、代助の発見していく「自然の愛」が、実は現実の三千代を抜きに、代助だけの都合によって一方的につくられたものなのではないか、という重大な疑惑が生じてくることになる。たとえば小説の後半に「二人の過去を順次に溯《さかの》ぼつて見て、いづれの断面にも、二人の間に燃《もえ》る愛の炎を見出さない事はなかつた」(一三の五)という一節があるが、考えてみればこれもまた、あくまでも代助の側からの判断として語られているに過ぎない。語り手は「自然の愛」に関することになると、ことさらに彼に「なりきり」の度を強めてしまうので、実は三千代には三千代なりの切実な思いが別にあったのではないか、という推量の余地が生じてくることにもなるのである。

そう考えてみると二人だけで会う時に、三千代がかつて代助にもらった指輪をはめてきたり、彼の好きな百合を用意してくる場面なども、代助を誘い、謎かけをしているようにすら見えてくる。肝心の二人の会話部分が、ともすれば間接話法によって語り手に引き取られ、省略されてしまいがちであるのも、あるいは〝目隠し〟をつくるための意図的な隠蔽操作であったのかもしれない。代助の「自然の愛」は実は三千代の側からの誘導によって生まれたものなのかもしれず、にもかかわらず、代助は最後まで生身の三千代に向きあおうとせず、自分の論理の中だけで勝手に動いていた可能性があるわけである。

これらの点から浮かび上がってくるのは、「自然の愛」にこだわればこだわるほど本来の「自然」から疎外されていってしまう一人の男の悲劇である。あるいはまた、こうした男の人生観に翻弄されてしまう女の側の悲劇である、と言い換えることができるのかもしれない。あるいはまた、自分を棄てた男に復讐すべく、彼を巧みに操縦しようとするしたたかな女性像である、と見ることができるのかもしれない。

作中のどの〝目隠し〟に力点を置くかによって、われわれ読者はプロット（筋立て）の狭間《はざま》から、さまざまなストーリーを導き出していくことができるわけである。

三人称小説の読み方

漱石は『それから』以後、文末の動詞の言い切りの形（当事者の視点）を減らし、圧倒的な割合で文末の「〜た」（物語を概括する三人称的な視点）を増やしていくことになる。だが、『それから』の終盤で三千代と代助の直接的なコミュニケーションが減っていく事態に象徴されるように、語りが三人称のよそおいを強めていけばいくほど、主人公は作中の他の人物たちからの孤立の度合いを深めていってしまうのである。漱石のその後の創作の足跡は、「〜た」に傾斜していく中でいかに当初の一人称的な当事者の感性を再生していくかをめぐる、試行錯誤の歴史であったとも言えるだろう。

魅力ある空白をつくるためには〝なりきり−目隠し〟によって語られざる部分を生み出していかなければならない。しかしそれは一方では主人公を「〜た」に象徴される世界に封じ込め、登場人物相互の生きた対話――相互変革の可能性――を減殺してしまうことにもなる。諸刃《もろは》の剣、とでも言ったらよいのだろうか。一人称の視点と三人称の視点との配合をどのようにつくっていくか、という課題は、実は漱石の追究していた物語の主題――近代個人主義に由来する孤独な個人の救済――とも決して別のものではなかったはずなのである。

これまで述べてきたのは漱石にかぎらず、実は日本の近代の「三人称小説」と呼ばれているものに共通する問題でもある。

「〜た」に象徴される三人称的な視点を獲得することによって、小説を裁量する「私」は、ひとまずみずからの姿を隠すことに成功した。しかし三人称的な視点もまた一つのよそおいに過ぎぬわけで、潜在する「私」は人物の内面にどこまで介入するか（しないか）、またどこまで批評するか（しないか）、という自由を常に保持している。客観をよそおいながら実際には特定の人物に共犯的に寄り添うことによって作中にはさまざまな魅力ある空白、ほころび、矛盾が生起し、「もうひとつの物語」が派生していくことになるだろう。〝なりきり－目隠し〟の法則からも明らかなように、小説で問われるのは実は「何を描くか」よりもむしろ、「何を描かないか」という問題なのである。

〝なりきり－目隠し〟作用から見えてくる「もう一つの物語」は、現実の作者の意図をも超えたものだ。「作者の意図」はあらかじめ確定した設計図としてあるわけではない。読者がどのような〝共犯〟部分に着目するかによって主題もまたさまざまに姿を変えて立ち現れてくることだろう。作者がどのような物語を意図し、どこまでそれが実現でき、あるいはまた、結果的にそれを裏切るような形でどのような物語が派生して来てしまうのか――それはまた、既成の先入観にとらわれない、新たな作品解釈が立ち上がる出発点でもある。

冒頭に戻って言えば、文章の文末表現が不安定にならざるを得ないのは、書き手の「私」の判断をどこまで表に出すか（出さないか）という、われわれの内なる迷いに発している。逆に言えばそこには「私」の出し方をめぐる無限に近い可能性が秘められているわけで、姿を現したり隠れたりする演技者(パフォーマー)として「私」を捉えてみることによって、われわれは日本語の表現領域を豊かに押し広げていくことができるわけである。

第三章

「あなた」をつくる

―読者を誘導する仕掛け、志賀直哉と太宰治―

潜在する「あなた」

前章に続き、文末表現の話から始めよう。

そもそも文章の末尾をあえて疑問形で終わらせたいと思う時の心理とはいかなるものなのだろうか？

いま、右の文章に「？」をつけて疑問形にしてみたのだが、ふりかえってみると、単なる自問自答ではなく、そこには読者の注意を喚起したい、あるいはまた、読み手の目線に沿って、共に問題を考えてみたい、といった心理が働いているようだ。

評論文でしばしば「はたして〜といえようか」「〜と考えてみたらどうだろう」「あるいは〜と思われるかもしれない」といった表現――読み手の反応を意識した問いかけやつぶやき――が見受けられるのもおそらくはこれに関係している。自説を展開する文章なのだから自分の考えを客観的に正確に提示すればそれですむはずなのだが、それにあきたらず、どうしても具体的な聴衆――「あなた」あるいは「あなたがた」――を想定してみたくなってしまう。おそらくその背後には、文章のどこかに会話の息吹を残しておきたい、それによって聞き手と共通の

「場」を確保しておきたい、といった心性が働いているのだろう。

おそらく文章を書くコツの一つは、叙述の中に「あなた」をどこまで想定して書いていくかという、その「あなた」づくりにある。これを言い換えれば、いかなる文章でもそこには潜在している「あなた」があり、その度合い、あるいは係数のようなものを定めることによって文章の性格もまた変わってくるのだ、ということになる。

仮に新聞の報道文に「あなたは〜という事故が起こったと思われるかもしれない」などという表現が登場したら、読者は困惑してしまうだろう。また、ラブレターが客観的に「事実」を提示する文体で終始したなら、受け取った人間は一気に興ざめしてしまうにちがいない。潜在する「あなた」の係数はかぎりなくゼロに近いこともあるし、また逆に一〇〇に近いこともある。その文章にもっともふさわしい度合いを定めることによって、それぞれの「文体」もまた決定されるわけである。

例によってこの問題を「小説づくり」に適用して考えてみることにしよう。

前章で、潜在する「私」をどのように打ち出していくか(あるいは隠すか)によって「小説」のつくり方が決まってくる、ということを述べたが、この章では角度を変え、潜在する「私」が、語りかける相手として「あなた」をいかにつくるか(つくらないか)をめぐって、どのような企てが試みられてきたのかをふりかえってみたいと思う。

「客観的」な話し言葉

二葉亭四迷の『浮雲』(明治二〇〜二二年)は、第一章に紹介したように、近代の言文一致体小説のもっとも早い試みの一つとして知られている。彼は執筆にあたって坪内逍遙を訪ねて相談するのだが、その際に当代の落語の第一人者、三遊亭円朝の速記本を参考にするように勧められたのだという。

後年の回想(『余が言文一致の由来』明治三九年)の関連部分を引いてみよう。

円朝ばりであるから、無論言文一致体にはなつてゐるが、茲《ここ》にまだ問題がある。それは、「私が……でムい《ござ》ます」調にしたものか、それとも、「俺はいやだ」調で行つたものかと云ふことだ。坪内先生は敬語のない方がいゝと云ふお説である。自分は不服の点もないではなかつたが、直して貰《もら》はうとまで思つてゐる先生の仰有《おっしゃ》ることではあり、先《ま》づ兎《と》も角《かく》もと、敬語なしでやつて見た。これが自分の言文一致を書き初《はじ》めた抑《そもそ》もである。

二葉亭四迷がこのように敬語の使用について迷っていたという事実は、小説を受け取る読み手――「あなた」――との距離(待遇関係)をどのように定めるかが、言文一致の出発点から問題になっていたという事実を示している。二葉亭は話し言葉で小説を書くのは読者に失礼であり、品位を欠く、という思いを終始消せなかったようだ。なかなか今日では理解しがたい感覚だが、これを実感するためには、当時の小説には漢文訓読体、和文体、翻訳体などさまざまな文体が並走しており、これらをいかに使いこなすかに小説家の創意工夫がかけられていたことを思い起こしてみればよいだろう(第一章参照)。

今日ごくあたり前に使われている「言文一致体」は、明治二〇年頃から明治四〇年近くまで、およそ二〇年かけてようやく一般化していった。たとえば『吾輩は猫である』(明治三八〜三九年)なども、この文体が一気に広まっていく渦中に世に問われた小説だったのである。猫に「〜である」という演説調で語らせるなど、それまで思いもよらなかった実験が可能になったわけで、小説の表現領域や発想はこれを機に急速に広がっていくことになる。漱石が齢《よわい》四十近くなって初めて小説の筆を執《と》ったのも、また森鷗外が長い中断を経て現代小説の執筆を開始するのも、この新しい文体に触発された側面が大きい。文体をめぐるそれまでの伝統を見切ったことを代償に、近代小説は一気にその全盛時代を迎えることになったわけである。

言文一致の利点は、なんと言ってもその平明な「わかりやすさ」にあったのだが、これと並び、当時しばしばその長所とされたのが、記述の「正確さ」であった(一五〜一六頁参照)。物事を正確に写し取っていく写実主義の浸透にともない、「言文一致体」は日常のできごとを〝ありのまま〟に描写していくのにもっともふさわしい手立てであると考えられたのである。

だが、考えてみると、これはそもそもおかしなことなのではないだろうか。口語(会話)は、本来きわめて主観的なものであるはずだ。表情やみぶりで内容を補うこともできるし、あらかじめ共有されている話題であれば、自由に内容を省略することもできる。当時の描写論議、あるいは言文一致論議を見ていて奇妙に思われるのは、主観的な口語を模したこの文体がもっとも「客観的」で「細密」である、とまじめに信じられていた形跡のあることだ。急速に広まっていく写実主義の風潮の中で、過度に客観性が期待されてしまった点にこそ、おそらくはこの文体のもっとも大きな不幸と矛盾、同時にまた、それゆえの面白さがあったのではないだろうか。

平面描写と一元描写

第一章に紹介した田山花袋の「平面描写」論(『「生」に於ける試み』)は、「客観の事象に対しても少しもその内部に立ち入らず、又人物の内部精神にも立ち入らず、たゞ見たまゝ聴いたまゝ触れたまゝの現象をさながらに描く」ことをめざしたもので、言文一致体にいかに客観的なよそおいを凝《こ》らしていくか、という課題から生み出された、当時を代表する描写論である。言い換えるなら、「客観」への信仰があったからこそこうしたよそおいもまた可能になったわけで、ここから話者である「私」を隠していくためのさまざまな技術が発達していくことにもなったのだった。結果的に叙述に空白——目隠し——が生み出され、読者の想像の自由が膨《ふく》らんでいくことになったのは大変興味深いパラドックスであったと言わなければならない。

一方で、こうした「話者の顔の見えない話し言葉」の持つ〝欺瞞《ぎまん》〟に対する疑問も、同時にわき起こってくることになる。特に次にあげる岩野泡鳴《ほうめい》の「一元描写論」は、花袋の「平面描写論」とは正反対の立場に立つ考え方なのだった。

作者が自分の独存として自分の実人生に臨《のぞ》む如く、創作に於いては作者の主観を移入した人物を若《も》しくは主観に直接共通の人物一人に定めなければならぬ。これをしないではどんな作者もその描写を概念と説明とから免《まぬが》れしめることができぬのだ。その一人(甲なら甲)の気ぶんになつてその甲が見た通りの人生を描写しなければならぬ。斯《こ》うなれば、作者は初めてその取り扱ふ人物の感覚的姿態で停止せずに、その心理にまでも而《しか》も具体的に立ち入れるのである。そして若し作者が乙《おつ》なり丙《へい》なりになりたかつたら、さう定めてもいいが、定めた以上は、その筆の間にたとへ時々でも自分の概念的都合上乙若しくは丙以外のものになつて見てはならぬ。

（『現代将来の小説的発想を一新すべき僕の描写論』「第三節　一元的描写」大正七年）

「話者の顔の見えない話し言葉」に対して、はっきりと一人の人物の視点に立ち、その判断で統一を図れ、という主張である。この主張をさらにおしつめれば、明確に「顔」の見える「私」を表に出すのが一番明快である、という考えに行き着くことになるだろう。それを極端な形で実践したのが明治の末から大正初頭にかけ、反自然主義として鮮烈なデビューをかざった白樺《しらかば》派の若者たちなのだった。彼らは一人称の「自分」を大胆に打ち出し、作中世界のすべてをその「自分」の判断として統括しようと企てることになる。

たとえば武者小路実篤の事実上のデビュー作である、『お目出《めで》たき人』（明治四四年）の冒頭付近の一節を引いてみよう。その天衣無縫《てんいむほう》な文体と内容が、賛否両論、大きな反響を巻き起こした作品である。

二三十間《けん》先に美しい華《はで》な着物を着た若い二人の女が立ちどまつて、誰か待つてゐるやうだつた。自分の足は右に向いた。その時自分はその女を芸者だらうと思つた。お白粉《しろい》を濃くぬつた円《まる》い顔した、華な着物を着てゐる女を見ると自分は芸者にきめてしまう。二人とも美しくはなかつた。しかし醜い女でもなかつた。肉づきのいゝ一寸《ちよつと》愛嬌のある顔をしてゐた。殊《こと》に一人の方は可愛いゝ所があつた。

自分は二人のゐる所を過ぎる時に一寸何げなくそつちを見た。さうしてその時心のなかで云つた。

自分は女に餓えてゐる。

誠に自分は女に餓えてゐる。残念ながら美しい女、若い女に餓えてゐる。七年前に自分の十九歳の時恋してゐた月子さんが故郷《くに》に帰つた以後、若い美しい女と話した事すらない

自分は、女に餓えてゐる。　(一)

いささか野放図なまでに「自分」を連発するこの文体は、「自分は女に餓えてゐる」という大胆で無邪気な文言も相まって、同世代の若者たちの強い支持を獲得したのだった。当然、自

然主義陣営からは「描写」以前の稚拙な文章であるとして激しく批判されることになるのだが、武者小路がまったくそれを意に介さなかったことからもわかるように、明治の第二世代でもある彼らは新時代の個人主義を信奉し、天真爛漫に、いわば確信犯的に「自分」を前面に押し出していく道を選んだのだった。結果的にはこれが「顔の見えない話し言葉」の持つ〝欺瞞〟に風穴を開け、あらためて話しているのは誰なのか、という、この文体の原点に問題を引き戻す役割を果たすことになったのである。

「ひとりごと」化

右の武者小路の引用を見ると、文末に「〜た」が頻用されていることに気がつく。一人称プラス「〜た」という形は、明治中期の二葉亭の翻訳等、それまでもないわけではなかったのだが、前章の漱石の例をふりかえってみればわかるように、この文末詞はあくまでも三人称的世界——「かつて—そこに—あった」世界——の指標として一般化しつつあったはずである。客観的な事実の提示である「〜た」を、あらためて堂々と一人称で用い始めた彼らの試みは、実は見かけ以上にオリジナルなものだった。この事実は、彼らはまったく野放図に「私」の主観を露出させていたわけではなく、登場人物である「自分」を、客観的に、三人称的に記述していこうとする抑制が同時に働いていた事実を示すものでもある。

ちなみに武者小路と並ぶ白樺派の代表格、志賀直哉の初期作品である『大津順吉』(大正元年)の一節を参考にしてみよう。主人公の「私」は自家の「女中」と結婚したいと考え、父に申し出るのだが、父から「痴情に狂つた猪武者《いのしし》」とののしられ、激高することになる。

部屋へ帰ると、私は只々《ただただ》興奮した。

私は部屋の中を暫く歩き廻つてゐた。何か物でも叩《たた》きつけてやりたいやうな気がしてならなかつた。私は机の上から埃及煙草《エジプトたばこ》の百本入りの空箱を取るとクリッケットの球でも投げるやうに手を延ばしたまま力まかせに畳《たたみ》へ叩きつけて見た。(略)私は此時《このとき》程の急烈な怒りと云ふものを殆《ほと》ど経験した事がなかつた。然《しか》しこんなやけらしい様子も余儀なくされてするのではない事を、其時《その》の現在に於て、明《あきら》かに知つてゐた。若《も》し側《そば》に人がゐたら私はヴァニィティーからもそんな事は出来ないと知つてゐた。それでも腹立たしい心持には何かそんな事がして見たかつた。それを努力して圧《おさ》へる必要もあるまい。こんな事が其時の現在で私の頭に浮んでゐた。

私は軽いブリッキの函《はこ》の如何にも手答へのない物足らなさに、戸棚を開けて九磅《ポンド》の鉄《てつ》亜鈴《あれい》を出して、それを出来るだけの力で又叩きつけた。

鉄亜鈴は六畳の座敷を斜めに一間《いっけん》余りはずんで、部屋の隅の机に跳び乗り、更に障子に当つてガタ〳〵と音をして机の裏へ落ちた。（第二―十三）

のちに小林秀雄が最大級の敬意をこめて「古代人志賀直哉」の呼称をもってした事実（『志賀直哉』昭和四年）を想起させる一節でもある。内容はまさに主観の表出そのものなのだが、一方で、それが時々刻々、手に取るように〝正確〟に伝わってくる印象を受けるのはなぜなのだろうか。たしかに主人公の「私」は興奮の極致にあるが、それを観察している「私」は決して激高してはいない。というよりも、書いている自分の判断を表に出さず、「其時の現在」の再現にひたすら徹しているかのようだ。「其時の現在」というのは志賀がしばしば好んで使った表現でもあるのだが、「自分」プラス「〜た」、つまり激しい主観を題材にしながら、一方でそれを冷徹にまなざす対照の妙が、この文章の緊迫感を支えているわけである。

志賀はその後「小説の神様」「文章の神様」の称号を与えられ、近代の言文一致体の高度な到達点と評価されるまでになっていく。その存在感は大変大きなもので、おそらく後世の作家たちに与えた影響、という点に関しては漱石、鷗外とても志賀に及ぶものではないだろう。

たしかに志賀の文章は「顔の見えない話し言葉」に対して、あらためて「話しているのは誰なのか」という、話者の「顔」を復活させた点で大きな意味を持っている。だが、はたしてここに「あなた」の存在――具体的な対話の息吹――があるかと言われると、やはり躊躇《ちゅうちょ》せざるを得ない。これはいわば日記の文体、あえて言えば、自分だけに語っている「ひとりごと」の文体なのではないだろうか。

近代小説の言文一致体はまず「顔の見えない話し言葉」を選択し、次にその反動として「ひとりごと」化していく、という大きな流れがあったように思われるのである。

対話の息吹

「話者の顔の見えない話し言葉」から「話者の顔」は見えるが「聞き手の顔」の見えない「ひとりごと」へ。こうした傾向と共に、今度はそのさらなる反動として、ふたたび会話の息吹を取り入れるべく、「私」から「あなた」への語りかけが復活していくことになる。

たとえば宇野浩二のデビュー作、『蔵の中』(大正八年)にあっては、「話が前後して、たびたび枝路《えだみち》にはひるのを許していただきたい。どうぞ、私の取り止めのない話を、皆さんの頭で程よく調節して、聞きわけして下さい。たのみます」「話がまた前後します、枝路にはひります、といふよりは、突拍子《とっぴょうし》もないところへ飛びます、どうぞ、自由に、取捨して、按排《あんばい》して、お聞き下さい」という形で、実際には黙読しているはずの読者に対し、「話し―聞く」場を意識的に取り込むための演出がほどこされている。物語内容には「〜ました」、読者への呼びかけには「〜ます」がかなり明確に使い分けられており、三人称的な語りが、二人称的な対話によって解きほぐされていく形がとられているのである。

昭和になるとさらにより明確に、「顔の見えない話し言葉」や「ひとりごと」文体に対するアンチテーゼが登場することになる。その典型的な例として、太宰治の「自意識過剰の饒舌《じょうぜつ》体」をあげてみることにしよう。

次に引く『道化の華』(昭和一〇年)の題材は、心中未遂で相手の女性が亡くなり、生き残った主人公が入院し、友人たちと交友する四日間のできごとである。この小説の特色は、作者の「僕」という男が自由自在に叙述に顔を出し、何を書きたいか、何が書けないのかを読者の「君」に訴えかけていく点にあった。

ひと一人を殺したあとらしくもなく、彼等の態度があまりにのんきすぎると忿懣《ふんまん》を感じてゐたらしい諸君は、ここにいたつてはじめて快哉《かいさい》を叫ぶだらう。ざまを見ろと。しかし、それは酷である。なんの、のんきなことがあるものか。つねに絶望のとなりにゐて、傷つき易い道化の華を風にもあてずつくつてゐるこのもの悲しさを君が判《わか》つて呉《く》れたならば！（略）僕たち自身、ポンチの生活を送つてゐる。そのやうな現実にひしがれた男のむりに示す我慢の態度。君はそれを理解できぬならば、僕は君とは永遠に他人である。

このように「僕」は読者である「君」に、「つねに絶望のとなりにゐて、傷つき易い道化の華を風にもあてずつくつてゐるこのもの悲しさ」や、「現実にひしがれた男のむりに示す我慢の態度」といった物語の主題に直接かかわるような解説をしていく。しかしここに出てくる「君」は、現実の読者ではなく、あくまでも「僕」によって想定された架空の存在である。「僕」は「君」の理解を求めてさまざまな本音を吐露するのだが、実は「君」の姿を明確にイメージできているわけではない。「君が判つて呉れたならば！」「それを理解できぬならば、僕と君とは永遠に他人である」といった文言が示すように、現実には「僕」と「君」との間には厳然たる距離が横たわっている。書き手の「僕」は次第に焦りの色を濃くし、自作自演の一人芝居の傾向を強めていくのである。

なにもかもさらけ出す。ほんたうは、僕はこの小説の一齣《ひとこま》一齣《ひとこま》の描写の間に、僕といふ男の顔を出させて、言はでものことをひとくさり述べさせたのにも、ずるい考へがあつてのことなのだ。僕は、それを読者に気づかせずに、あの僕でもつて、こつそり特異なニュアンスを作品にもりたかつたのである。それは日本にまだないハイカラな作風であると自惚《うぬぼ》れてゐた。しかし、敗北した。いや、僕はこの敗北の告白をも、この小説のプランのなかにかぞへてゐた筈《はず》である。できれば僕は、もすこしあとでそれを言ひたかつた。いや、この言葉をさへ、僕ははじめから用意してゐたやうな気がする。ああ、もう僕を信ずるな。僕の言ふことをひとことも信ずるな。

「僕」は正体の見えない「君」を求め、半永久的に饒舌をくりかえしていくことになるだろう。たとえいかに対話になぞらえようとも、文章は結局文章でしかない、という「書き言葉」の宿命がここにある。

小説にはただ単に「あなた」がいればいい、というものではない。「あなた」もまた架空の存在なのであって、その背後には話し言葉を書き言葉に変換するという、近代小説そのものが背負った、宿命的な矛盾が潜んでいるのである。

太宰治と志賀直哉

あらためて先の志賀直哉と太宰治の引用を読み比べてみることにしよう。この二つは近代「言文一致体」のいわば両極なのであって、比べてみるとその違いにあらためて驚かされる。叙述に潜む「あなた」の係数は、片方がかぎりなくゼロに近いとすれば、片方はかぎりなく一〇〇に近い。

ちなみに太宰はその最晩年、『如是我聞《にょぜがもん》』(昭和二三年)というエッセイで激しく志賀を攻撃し、そのさなかにみずから命を絶ったのだった。太宰の言葉を借りれば志賀の文学は「旦那芸《だんなげい》」の典型で、読者への「心づくし」がない、ということになる。けれども太宰の書いたものを時系列に沿って読んでみると、志賀に対してひそかな敬意を抱いていた形跡がうかがえて興味深い。

たとえば太宰の『風の便り』(昭和一六〜一七年)という小説を見てみよう。木戸という文壇の片隅に生きるしがない中年作家と、文壇の大家、井原との往復書簡の形がとられているのだが、ここで仮に木戸を太宰、井原に志賀を想定してみると、次のような一節——木戸から井原への訴え——もまた違って見えてくるように思われる。

あなたに限らず、あなたの時代の人たちに於いては、思惟とその表示とが、ほとんど間《かん》髪《はつ》をいれず同時に展開するので、私たちは呆然とするばかりです。思つた事と、それを言葉で表現する事との間に、些少の逡巡《しゅんじゅん》、駈引きの跡も見えないのです。（略）だからあなた達は、なんでもはつきり言ひ切つて、さうして少しも言ひ残して居りません。子供つぽい、わかり切つた事でも、得意になつて言つてゐます。それがまた、私たちにとつては非常な魅力なのですから、困ります。（略）あなたが、あれは間違ひだと思ふ、とお書きになると、あなたが心の底から一片の懐疑の雲もなく、それを間違ひだと断定して居られるやうに感ぜられます。私たちは違ひます。あいつは厭な奴だと、たいへん好きな癖に、わざとさう言ひ変へてゐるやうな場合が多いので、やり切れません。思惟と言葉との間に、小さい歯車が、三つも四つもあるのです。けれども、この歯車は微妙で正確な事も信じてゐて下さい。私たちの言葉は、ちよつと聞くとすべて出鱈目《でたらめ》の放言のやうに聞えるでせうが、しさいにお調べになつたら、いつでもちやんと歯車が連結されてゐる筈《はず》です。

ここにいう「歯車」を、読者の反応を絶えず意識せざるを得ない語り手の自意識の表象と考えてみると、「あなた」をめぐる両者の明確な違いが見えてきて面白い。魅力的な「ひとりごと」に対し、それに対抗するために「あなた」を想定し、「歯車が連結されてゐる」文体をつくることこそが、太宰が本来めざしていたものだったのかもしれない。

「言文一致」の宿命

整理しておこう。

明治前半期はさまざまな文化的な背景を持つ文体が林立していたが、やがてそのうちの一つに過ぎなかった「言文一致体」がヘゲモニーを握っていくことになる。写実主義の風潮のもと、この平明な文体は正確で客観的な表現を可能にする手立てとして期待され、三人称のよそおいが与えられていった。その最大公約数的な合意として、「話者の顔の見えない話し言葉」が立ち上がっていくことになったわけである。

しかし考えてみると、匿名化し、誰が話しているのかがわからないこの文体はたしかに奇妙なものだった。ほどなくその反動が現れ、今度は明確に話者の「顔」を表に打ち出す「ひとりごと」化が進んでいくことになる。背景には近代個人主義の浸透があったわけだが、ひとたびそれが理念として称揚されるようになると、今度はその「ひとりごと」に対する反発が生じ始めることになる。あらためて「言」の持つ対話の息吹を注入しようとする動きが現れ、書き手から読み手への「呼びかけ」文体が現れるのである。ただし書き言葉である以上、実際にはバーチャルなものでしかない「あなた」を求めるこの企ては、語り手の自意識過剰を招き寄せることにもなったのだった。

顔の見えない話し言葉から明確な顔立ちをした「ひとりごと」へ。「ひとりごと」から読者に直接訴えかける「語り」の復権へ。近代の言文一致体は大枠において、この三つのサイクルを循環する歴史でもあった。もちろんこれは時期的に明確に区分できるプロセスをたどった、ということではないし、ましてやこの順に〝進歩〟した、ということでもない。これは「言」と「文」を一致させようとした結果生じる、いわば宿命的なサイクルのようなもので、三つの要素をいかに意識してみずからの位置取りを決めていくかに作者の創意工夫がかけられているわけである。

近代の小説は、活字を通して人間の奥底に潜む秘密を共有し、読者一人一人が「自分だけではなかった」という安堵をひそかに共有し合う世界である。そのためには、不特定多数を相手にした活字でありながら、読者は、それが作者から自分だけにささやきかけられたメッセージである、という〝幸福な錯覚〟に陶酔したい。口承文芸を模した「言文一致体」はまさにそのための手立てであったはずなのだが、「一致」をよそおえばよそおうほど、言葉は残酷なまでに「言」と「文」との乖離をあらわにしてしまうことだろう。

しかしこの場合、一致しないから意味がない、ということにはならない。その亀裂からわれわれ読者は、時に魅力ある空白を読み取り、時に簡潔な「ひとりごと」の世界に魅せられ、時にまた、まだ見ぬ「あなた」を求める、無限の彷徨に共鳴を感じることになるだろう。

試みに、いま手にしている小説の「あなた」の係数を忖度《そんたく》してみるところから、あらたな世界を立ち上げてみてはどうだろうか。

第四章

「私」が「私」をつくる

―回想の読み方、つくり方―

「私」が「私」を書くということ

自分で自分の書いた日記を読み返し、そこに描かれている「私」の姿にとまどいや自己嫌悪を感じた経験はないだろうか。

描かれている「私」はたしかに自分であるはずなのだけれども、まるで別人のようにも感じられる。いっそ赤の他人ならよいのだろうが、一見異なる人物が実はほかならぬこの自分自身でもある、という二重感覚がわれわれをとまどわせ、羞恥や嫌悪の引き金になるのである。

いや、こうした言い方はあまり正確ではないかもしれない。たとえば写真で過去の自分の姿を見た時、われわれが感じるのは羞恥や嫌悪よりも、むしろ「こんな自分もいたのだ」というおかしみや懐かしさである。画像が外面的、形態的な客観性を保持しているのに対し、日記は言葉で書かれているために、本来外にさらされることのないはずの「内面」を露呈してしまっている。そのためにわれわれは勝手な「内面」づくりにいそしんでいた、まさにその行為にいたたまれなさを感じるのだ。

日記に登場する「私」は実にさまざまだ。友人と喧嘩したときの記述は自分が都合よく正当化されてしまっているかもしれないし、失恋したときの記述はこの世の悲劇を一身に背負ったヒーロー、あるいはヒロインになってしまっていることだろう。その時々の要請に従ってフィクショナルに仮構された「内面」が、今、読み返している「私」と同一であることを強いられるがゆえに、われわれはいわく言いがたい羞恥と嫌悪を感じてしまうのである。

「描く私」のパフォーマンス

右の事情は、実は言語芸術である「文学」とは本来いかなるものなのか、という秘密を如実に解き明かしてくれているように思われる。

密室の芸術である小説は、人間が内奥に抱えている秘密をひそかにささやきかけてくれる。「ささやき」を行っているのは叙述に潜在している表現主体なのだが、この隠れた「私」は、秘密を臆面もなく暴露していることにともなう自負や衒《てら》い、あるいは気恥ずかしさと向き合わなければならない。このひそかな葛藤がどのように処理されているかが、実はその小説を読み解く重要な勘所の一つなのだ。いっそ、「私」など最初からないかのようにフィクショナルな客観世界を自立させ、淡々と報告していくやり過ごし方もあるのだろう。しかしどうにもごまかしがきかなくなってしまうのは、「私」が「私」自身の見聞や体験を直接の題材にしている場合である。この時「私」は「内面」づくりにいそしもうとする自分に否応なく向き合わされ、読者に対して「描く私」をいかにふるまってみせるかという、過酷な課題を突きつけられることになるのである。

初めて小説を書いてみようと思い立った時、多くの人はまず自分の体験を一人称の「私」で素朴に綴《つづ》ることから始めてみることだろう。しかし実際に書き始めてみると予想以上に困難なことに気がつき、多くの場合、途中でペンを放り出してしまうことになる。懸賞小説の応募作に多いのは中高年の人々が自身の体験談を素朴に綴った「自分史」であると聞いたことがあるが、実は「自分史」と「小説」とは似て非なるものなのだ。仕事の困難を克服した体験など、一つ一つは胸を打つ話柄ではあっても、実はそれ自体は「小説」ではなく、ノンフィクション等のジャンルでも充分に対応できるものなのである。それが「小説」になるかどうかはひとえに「描く私」の〝よそおい〟をどのようにつくっていくかにかかっている。体験を得々と自慢している姿が背後に透けて見えてしまうようなら論外だし、反省や自責の念一辺倒でも、自虐的な「良心」の押し売りとして反発を招くことになるだろう。「描く私」のみぶりはいわばそれ自体が一個のパフォーマンスなのであって、「描かれる私」をつくる主体として読者にいかに「私」を演出していくかという、その演技の舞台こそが小説空間なのである。

近代小説はこうした「描く私」の演技性に作者たちが気づき、時に大胆な失敗をくりかえしながらも果敢なチャレンジをくりかえしてきた歴史でもあった。小説家をしてかくも危険なカケに身を投じさせてきた一人称小説の魅力とは、そもそもいかなるものだったのだろうか。

当事者のリアリティ

一人称小説の最大の利点はなんといってもまず、「当事者のリアリティ」にある。事件に直接かかわった当人が事実をそのまま語ってくれている、という迫真性である。ただしこの場合、「事実をそのまま」という点には慎重な留保が必要だろう。ジュール・ヴェルヌの『海底二万里』（一八七〇年）にせよ、漱石の『吾輩は猫である』にせよ、われわれはまさか本気で海底に別世界があると考えているわけではないし、猫が人間の言葉をしゃべると信じているわけでもない。問題は内容や語りが「事実」かどうかなのではなく、当事者の証言である、という臨場感にこそあるわけである。

これを逆に言えば、一人称は非現実的な内容にリアリティを与えたり、ありきたりの日常を眺め変えてみたりするためにこそ有効な手立てでもある、ということになる。一人称小説、と言うと、われわれはともすれば実生活の内容をありのままに告白する、というスタイルを連想しがちだが、長い歴史の中ではそれはむしろ特殊な形態なのであって、個人の「内面」の「告白」、という考え方が主流になるのは、近代のロマン主義が「個の独創性」を声高らかに宣言して以降のことなのだった。むしろ一見信じがたい「事実」を伝聞として、まことしやかに語っていく形態の方が、一人称小説本来のあり方だったかもしれないのである。

たとえばシャーロック・ホームズを語るワトソンを想定してみることにしよう。仮にシャーロック・ホームズ自身が直接事件を語ったならば、直感や飛躍の多い、独善的な内容になってしまうにちがいない。かといって客観的な三人称小説の形をとったなら、平板な叙述に終始してしまうことだろう。事件を直接知る立場にありながら「伝聞」に徹するワトソンの語りによって、シャーロック・ホームズの言動をある程度客観的に浮き彫りにすることが可能になる。一方でまた、身近にいる人間の証言として、臨場感を打ち出すこともできるわけである。

以上を踏まえ、とりあえず一人称の機能を次のように整理しておくことにしよう。

一人称小説
- 伝聞モード（他人のできごとを中心に読者に報告）
- 告白モード（自分のできごとを中心に読者に報告）

もちろん現実にはこの両方の要素が入り交じっているのが通例なのだが、とりあえずこの二つの極を想定し、どちらにより傾いているかという度合いを区別してみることによって、その小説の特性を明らかにしてみることができるように思われる。たとえばワトソンの語りは「伝聞モード」だし、太宰治の『人間失格』の「手記」は、「告白モード」の典型だと言ってよいだろう。

この章の冒頭に述べた、「私」が「私」を語る違和感をどのように処理するべきか、という問題は、実は近代になって「告白モード」が急速に発達したことによって生じてきた課題なのだった。次に、このきわめて特殊な、近代小説の大きな特色でもある「告白モード」について考えてみることにしよう。

「思い出」のつくり方

一人称による「告白」は、さらに次の二つの形態に分けて考えることができるだろう。

告白モード ＜ 告白・回想モード（日記形式）／告白・対話モード（書簡形式）

たとえば日記の場合、原則として読者は自分だけであり、いかなる秘密を語ろうとも他者に知られる気遣いはない。ある意味では純粋な「描く私」と「描かれる私」との対比が成り立つわけで、これを回想型の告白、つまり「告白・回想モード」と名づけておくことにしよう。

これに対し、書簡の場合はある特定の読者（友人、家族、恋人など）を意識した上で、あらかじめ想定された「あなた」に呼びかける形がとられている。こうした対話的な要素の強い告白を、右にならって「告白・対話モード」と名づけておくことにしよう。この場合、「回想」と「対話」の違いは、前章で述べた、叙述に潜在する「あなた」の係数の相違である、と言ってもよいだろう。

「告白・回想モード」は、さらに過去と現在の断絶を前提にした回想と、連続を前提にした回想とに分けることができる。前者の例として、たとえば太宰治の『思ひ出』（昭和八年）をあげておきたい。太宰治の事実上の処女作で、第一創作集『晩年』（昭和一一年）に収められている中編小説である。当時太宰はまだ二十代だったが、みずからの語るところによると、「晩年」という表題は、すでに人生の苦悩を人の数倍経験してしまい、死を意識した老人の遺書のつもりで付けたものなのだという。その上で、まだ苦悩を知らなかった当時——肉親に囲まれて育った懐かしき幼時——が、郷愁をもって語られていくのである。

　私は絶えず弟を嫉妬してゐて、ときどきなぐつては母に叱られ、母をうらんだ。私が十《とお》か十一のころのことと思ふ。私のシヤツや襦袢《じゅばん》の縫目へ胡麻《ごま》をふり撒《ま》いたやうにしらみがたかつた時など、弟がそれを鳥渡《ちょっと》笑つたといふので、文字通り弟を殴り倒した。けれども私は矢張り心配になつて、弟の頭に出来たいくつかの瘤《こぶ》へ不可飲《ふかいん》といふ薬をつけてやつた。

（一章）

　このように「遺書」とは言いながらも、叙述にはそこはかとないユーモアとペーソスが漂っている。もはやかえらぬ遠い時空である、という〝断絶〟を前提に、思い出す時間と思い出される時間との距離が、リリシズムと郷愁の発信源になっているわけである。

郷愁の演出

近代の小説をふりかえってみると、室生犀星《むろうさいせい》の『性に眼覚める頃』（大正八年）、中勘助《なかかんすけ》の『銀の匙《さじ》』（大正一〇年）など、少年時代を抒情性豊かに回想した名作の系譜があることに気がつく。たとえば『性に眼覚める頃』は抒情詩人、室生犀星が小説家デビューを飾った記念すべき作品なのだが、ここでも詩的抒情を散文に生かす手立てとして、「告白・回想モード」の利点が最大限に生かされていたのだった。

たとえば冒頭付近の次のような表現に注目してみたい。

私は七十に近い父と一しよに、寂しい寺領の奥の院で自由に暮した。そのとき、もう私は十七になつてゐた。（略）私はそのころ、習慣になつたせゐもあつたが、その濃い重い液体（注―父のたてる茶）を静かに愛服するといふまではなかつたが、妙ににがみに甘さの交《まじ》はつたこの飲料が好きであつた。ぢつと舌のうへに置くやうにして味《あじわ》ふと、父がいつも言ふやうに、何となく落ちついたものが精神に加はつてゆくやうになつて、心がいつも鎮《しず》まるのであつた。

「そのとき、もう私は十七になつてゐた」とあるが、一見過去のできごとを淡々と回想しているように見えて、実は「もう」という一語の中には、語る現在の感慨が暗黙のうちに流れ込んでいる。「甘さの交はつたこの飲料が好きであつた」「心がいつも鎮まるのであつた」という「〜のであつた」という文末表現にも、過去と現在との距離(断絶)が暗に打ち出されている。この場合、もしも「描く私」の感情を露骨に出してしまったならば、感傷にふけっている自分が過度に露出してしまい、抒情は霧散してしまうことになるだろう。『思ひ出』と同様、作者は慎重に筆を抑制し、二つの時間の距離を通し、郷愁がそこはかとなく漂うように「描く私」を抑制して見せているわけである。

「描く私」のつくる「過去」

同じように幼少期を回想した小説であっても、これとは逆に、「描く私」の認識や世界観を前面に出して、過去と現在との連続性を強調していくというやり方もある。たとえば同じ太宰治でも、最晩年の『人間失格』は『思ひ出』とは正反対の性格を持っている。冒頭付近をあげてみよう。

恥の多い生涯を送つて来ました。
自分には、人間の生活といふものが、見当つかないのです。（略）つまり自分には、人間の営みといふものが未だに何もわかつてゐない、といふ事になりさうです。自分の幸福の観念と、世のすべての人たちの幸福の観念とが、まるで食ひちがつてゐるやうな不安、自分はその不安のために夜々、転輾《てんてん》し、呻吟《しんぎん》し、発狂しかけた事さへあります。

（第一の手記）

これは言わば、自分が〝人間失格者〟である、という現在の認識から仕立て直されていく「過去」であると言ってよい。こうした認識に沿って幼時からの自分の人生が回想され、当初から「世の営みが理解できなかった人間」があらたに生み出されていく。先の『思ひ出』が二つの時間の距離を前提にしているとするなら、『人間失格』は、「現在」の認識を補強するために意図的に塗り替えられた「過去」なのだと言ってよいだろう。

以上を整理しておきたい。

告白・回想モード
- 「過去」と「現在」の断絶(「描く私」を隠す)
- 「過去」と「現在」の連続(「描く私」を前面に出す)

一人称の「告白・回想モード」は、「描く私」の認識を抑制することによって、過去と現在の対比そのものを浮き彫りにしていくタイプと、「描く私」と「描かれる私」との認識論的な連続を前提に、現在の自己を過去に遡《さかのぼ》って検証していくタイプとに分けることができるわけである。

モードの変遷史

次に、「告白・対話モード」について考えてみることにしよう。

このタイプについては、第三章にあげた『道化の華』の引用をもう一度思い起こしてみたい。この場合、小説の書き手の「僕」が読み手の「君」に語りかけるわけだから、書簡体よりもさらに直接的な形だと言ってよいだろう。前章で考察したのは、小説文体としての「言文一致」は次第に「ひとりごと」化していく傾向があり、それに対するアンチテーゼとして、「言」の息吹をふたたび「文」に取り込むために、対話的要素が復活していく経緯であった。「告白・対話モード」は「告白・回想モード」よりも口語的要素が強くなり、一度固定化してしまった読者との距離をつくり直していく効果と役割を担っているわけである。

これまでの説明を一つの表にまとめてみると、次のようになる。

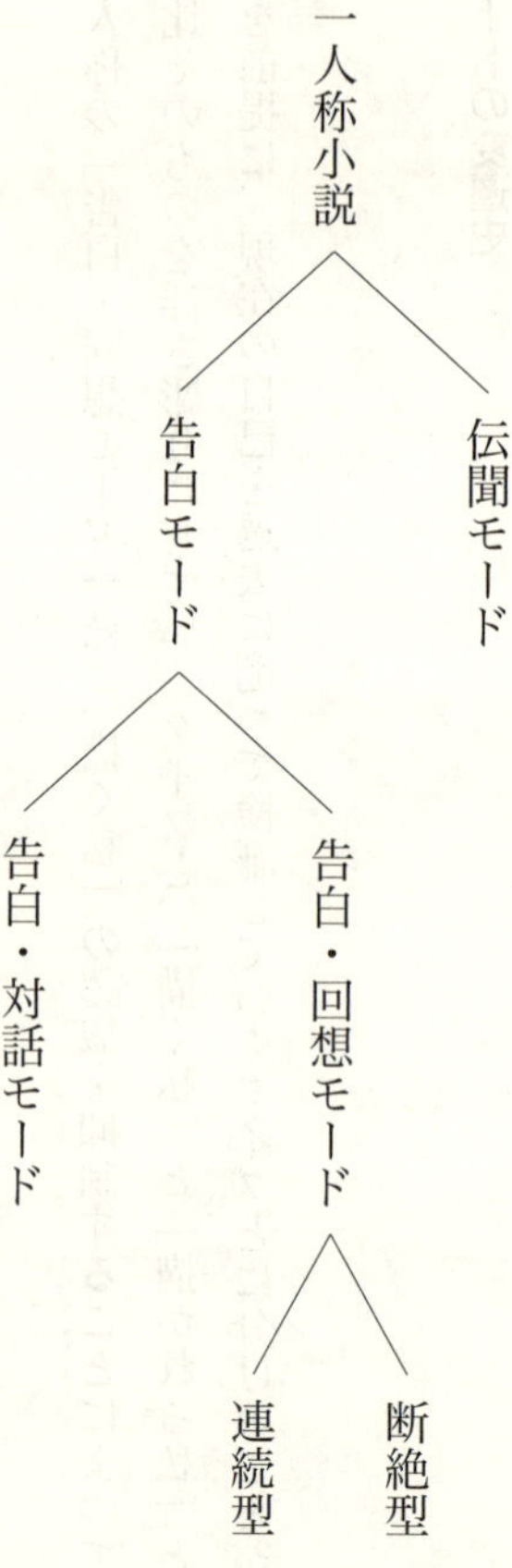

念のために言っておけば、この表は個々の小説を分類していくための整理箱ではない。先にも述べたように「伝聞」と「告白」の違いはいわば濃淡のようなもので、同一人物の語りの中

でも場面に応じて切り替わることはしばしば起こりうるし、また、異なる人物の一人称語りが一つの小説の中に同居することもある。たとえば夏目漱石の『こころ』(大正三年)の場合、前半では学生の「私」が「先生」という人物の謎を「伝聞モード」で語り、最後に先生が遺書を自身の「告白モード」で語る、という形になっている。「告白」と「伝聞」の性格を使い分けることによって、秘密自体の告白と、これを読者に効果的に伝えていく機能とが相乗作用を生んでいるわけである。

バイアスの持つ魅力

以上、「一人称小説」の性格を考えてみるためにその特色をいくつかに分けて整理してみた。これを踏まえた上で、あらためて一人称小説を解読していく面白さについて考えてみよう。たとえば夏目漱石の『坊っちゃん』は「告白・回想モード」で書かれており、読者の多くは彼の立場にわが身をなぞらえて読んでいくうちに正義感が鼓舞《こぶ》され、校長や赤シャツ(教頭)の偽善に義憤を感じることになる。しかし冷静にふりかえってみると、仮に坊っちゃんのような人物がわれわれの身近にいたとしたなら、かなりはた迷惑な存在にちがいない。直情径行《けいこう》で協調性もなく、その言動はヒステリックですらある。公平に見れば、むしろ赤シャツの方がよい意味でも悪い意味でも世知に長けた人物であり、社会常識も兼ね備えているようだ。しかし一人称の「告白・回想モード」は読み手を当事者の世界観に引き込んでいく魔力を持っているので、読者はついつい〝非常識〟な坊っちゃんの側に立ってしまう。いささか突拍子もない正義感を振りかざすその姿にわが身をなぞらえてみることによって、日頃組織人として感じている圧迫やうさが晴らされるからなのかもしれない。

太宰治の『人間失格』も同様である。作中の「手記」では、生活能力がなく、周囲に押し流されるままに生きている人間のまなざしによって、不可解で無機質な世界が映し出されていく。読み手はこの特殊な〝人間失格者〟にわが身をなぞらえてみることによって——自分もまた「世間」の犠牲者になってみることによって——日常に潜んでいるさまざまな虚栄やエゴイズムを発見していくのである。

「告白」する人物はこのように多くの場合、エキセントリックな世界観の持ち主であり、その言説には強いバイアス(偏差)がかかっている。ネガとポジの関係、とでも言ったらよいのだろうか。ある一つの極端な立場に身を置いてみた時に世界が反転し、それまで自明のものと思っていた世界が、正負逆の、およそ異なる相貌を現し始めるということ——こうした〝眺め換え〟を文学批評の用語で「異化《いか》作用」と言うのだが、「告白・回想モード」は、まさにこのように世界を異化し、つくり変えていく不可思議な力を持っているわけである。

ウソと空白

こうした「当事者」のドラマ――世界観の反転――そのものを主題化した小説に、たとえば芥川龍之介の『藪《やぶ》の中』(大正一一年)がある。舞台は平安朝で、物語は藪の中で発見されたある一人の男の死体をめぐって展開される。検非違使《けびいし》の取り調べに対して当事者七人の陳述が並べられていくのだが、その内容はまったくチグハグだ。たとえば多襄丸《たじょうまる》という盗人の言によれば、武弘《たけひろ》という男を殺したのは自分であり、武弘の妻、真砂《まさご》を手込めにしたところ、彼女から夫を殺してほしいという依頼を受けたのだという。しかし、真砂によれば、辱《はずかし》めを受けたとき、夫の冷たい目に射すくめられ、心中しようとして夫を刺し、自分だけが生き残ってしまったのだという。さらに死んだ武弘の霊によれば、妻は手込めになった後、多襄丸に夫を殺すように依頼するのだが聞き入れられなかった。結局、武弘は二人が立ち去った後に自刃を遂げたというのである。

このように三者の証言はまったく相反しており、真相はまさに〝藪の中〟である。おそらくこの場合、犯人を特定すること自体にさして意味はあるまい。立場が違えば世界も変わる、その「当事者のリアリティ」の反転そのものを味わう面白さにこそ、この小説の魅力があるわけである。

これに関連して、ここである推理小説を想定してみることにしよう。

小説の主人公は「私」であり、その「私」はある殺人事件に巻き込まれ、警察から犯人の嫌疑をかけられている。しかし「私」にとってそれはまったく理不尽な事態であり、みずからの無実を証明するために独自調査をしてみたところ、Aという人物が真犯人として浮上してきたのだった。「私」はそれを強く訴えるのだが周囲は信じてくれず、捜査の手は次第に身辺にせまってくる……。

これを読んだ読者は、当初「私」の立場に立ち、その状況に深く同情することだろう。しかし子細に読み返していくうちに、当初見えなかったさまざまな事実に思い当たることになる。肝心の部分になると「私」が話をそらしたり、到底わからないはずの事実が記述されていたり、前後の主張に矛盾があったり、などなど……。結局最後まで読むと、こうした言説のほころびを通し、犯人はやはり「私」その人にほかならなかったのだ、という事実が明らかになるのである。

これは一人称小説の性格を考えるために想定してみた、あくまでも一つの極端な例なのだが、この場合の「私」は演技者として、一所懸命にウソをついている。そのウソが見えすいたものであることを読者にさりげなく提示していくのは、演出家である作者の役割であると言ってよい。いわば「私」の「ウソつき度」――情報の偏差の度合い――が高くなればなるほど、読者もまた、言説を相対化していく楽しみが増すわけである。

ここで第二章の議論をあわせて思い起こしてみよう。

叙述に潜在する「私」が「三人称」をよそおいながらも、ある話柄や場面に限って特定の登場人物になりきり、共犯的に頬被りをしてしまうために叙述に疑問や空白が生まれ、そこから「もう一つの物語」が立ち上がってくる現象について指摘してみた。この場合、一人称小説は最初から最後まで「なりきり」に徹する極端な形といえる。何しろただ一人の立場――「私」の見たこと、考えたこと――からしか世界を語れないわけだから、一見、不自由もはなはだしい。しかし結果的にはそこから多くの目隠し部分が生まれ、読者もまた、これを補っていく自由をより多く手にすることになる。実は一人称小説は、〝なりきり‐目隠し〟の法則のきわめて特殊な、一つ間違えば独善的な世界に堕してしまう危険があるけれども、うまくいけば大変収穫の多い形態なのである。

物語の成り立ち

これまで一人称小説の効能を、当事者のリアリティ、言説を相対化できるバイアスの魅力、という二点から整理してみたが、次に第三のポイントとして、「語る私」と「語られる私」のズレや対比が、暗黙のうちに物語に対する「もう一つの物語」を生み出していく効能について考えてみることにしよう。

たとえば森鷗外の『舞姫』は鷗外の記念すべき小説デビュー作で、高校の教科書教材としても広く親しまれている。ドイツに留学した太田豊太郎は、ベルリンの自由な空気に触れるのだが、仲間の告げ口もあって出世の道を絶たれてしまう。やがて街の踊り子のエリスと恋に落ち、貧しいながらも幸福な同棲生活を送ることになる。一方、友人の相沢謙吉の奔走もあって天方《あまがた》伯爵に能力を認められ、彼は帰国を強く勧められる。豊太郎は判断に迷い、結果的に彼女を無残に裏切ることになってしまったのだった……。

この小説は明治になって一人称で小説を書くことが次第に一般化し始める、その草創期のものである。「描く私」と「描かれる私」との対比が明確な回想構造を持った小説としても、きわめて早い部類に属するものなのだった。

冒頭はまず、ドイツ留学から帰国途上にある豊太郎が、サイゴン港でこれまでの経緯を振り返り、「人知らぬ恨《うらみ》」に「惨痛」を感じる場面から始まっている。もちろんこの時点で読者にはまだその要因がエリスに由来していることは知らされていない。何よりも豊太郎自身、その「恨」の内容をうまく把握できておらず、それを言葉にして納得するために「概略を文に綴」ること、つまり手記を書くことを思い立ったのだという。

この部分はいわば小説の由来に関する楽屋話に該当するのだが、実は「告白・回想モード」は多かれ少なかれ、「この小説」がどのような経緯で成立したのか、という楽屋裏の事情――物語の成立にかかわる物語――を暗示する役割をあわせ持っているのである。

『舞姫』の〝破綻〟

結局物語は豊太郎の裏切りとエリスの発狂、という悲劇的な末路をたどることになるのだが、こうした展開に至る過程で、これまで『舞姫』の主題は、「恋愛」か「出世」か、という選択を迫られた明治の知識人の悲劇であると見なされてきた。しかしおそらく問題は、こうした枠組みが示されながらも肝心の所でそれがはぐらかされ、裏切られてしまう構成にこそあるのではないだろうか。

丹念に読み返せば気のつくことだが、実は豊太郎は、作中で何一つ自分では決断できていない。一番決断しなければならなかったとき、彼は人事不省に陥っており、やっかいな事後処理をしてくれたのはすべて友人の相沢謙吉なのだった。ヒーローとヒロインの間にはついに何の対話もないまま、一切は友の手によってひそかに片づけられてしまっていたのである。

豊太郎は相沢謙吉への「憎むこゝろ」を表白し、そのまま手記は閉じられてしまうのだが、当初、「恨」の内実を自己分析するために書き始められていたことを考えてみれば、龍頭蛇尾、とでも言うべきか、はなはだ唐突な終わり方ではある。勝手に帰国を選択してしまったことへの自責、あるいは妊娠していたエリスを発狂にまで追い込んだ罪の告白など、もっと語られなければならなかったことがたくさんあったはずなのだけれども、結局尻ぬぐいをしてくれた友人を「憎む」だけで終わってしまうというのは、身勝手と言えば身勝手な話ではある。肩すかしもいいところではないか。

しかしここで重要なのは、豊太郎の「手記」の破綻は決して『舞姫』そのものの破綻ではない、という点にある。この小説では、一人の男が手記を書こうとして書き切れずに終わるまさにそのプロセスこそが問題になっているわけで、豊太郎が何を描けないのか、またなぜ描けないのか、が明らかになることによって、ちょうど先の推理小説のように、読者は物語の細部から、さまざまな原因を探っていくことが可能になるわけである。

なぜ描けなかったのか

たとえば手記の中では「学問」ということばと「語学」ということばが明確に使い分けられている。彼は近代国家の法整備という、当初目的にしていた「学問」に次第に批判的になり、自由なジャーナリズムに目覚めたというのだが、それが帰国後にどのように生かされるのかについては、実は何の展望も示されていない。天方伯が彼を評価したのも「学問」ではなく、「語学」の才についてだけなのだった。要するに彼の中で、愛するエリスを捨ててまでとるべき「出世」のイメージ——近代国家におけるみずからのアイデンティティ——が、結局最後まで把握できていなかった点にこそ問題があると見るべきなのだろう。彼は自己を悲劇の主人公にし、最愛の女性を棄ててまで選び取ろうとしているものの内実を反語的に問いかけていくのだが、結局明らかになったのは自分には何も決断ができなかった、という冷徹な事実だけだったのである。

回想が帰国後、身の振り方が決まった後に書かれたものではなく、すべてがまだ未決の状態にあるサイゴンで書かれている、という事実は象徴的だろう。素朴な「立身」が価値として信じられていた当時の日本にあって、国家というアイデンティティの虚構性——「立身」という概念自体の確定しがたさ――を浮き彫りにし得た点にこそ、おそらくこの小説の最大の独創が秘められていたのではなかったか。

このように「描く私」と「描かれる私」との対比を通し、「何が描けないのか」という「もう一つの物語」が立ち上がる中で、当初見えなかったさまざまな問題が浮き彫りにされてくるパラドックスにこそ、一人称小説の第三の効能を指摘しておくことができるのである。

以上からもわかるように、「描く私」がどのように打ち出されているか、という問題は、実は小説を読み解く上で、もっとも重要なポイントの一つでもある。「伝聞」と「回想」を巧みに使い分けている小説もあれば、「回想」の中で「描く私」を意図的に隠している小説もあり、また逆に露骨に打ち出して見せている小説もあるだろう。あるいはまた、「自己語り」の惨めな破綻を通し、人間の真実が逆説的に浮き彫りにされてくるケースもあるかもしれない。いずれにせよ、読み手は強い主観に彩《いろど》られたそのバイアスを解きほぐし、相対化していくことによって、当初の世界観がゆらぎ、反転していく快楽を手にすることができるわけである。その意味でも「描く私」は一個のパフォーマーであり、小説の作者は、それを自由に演出してみせる隠れた舞台監督なのだと言ってよいだろう。

冒頭で述べたように、「私」が「私」を言葉にするという行為は、つくられた「内面」に立ち向かうことを意味し、自己嫌悪や気恥ずかしさと戦う、過酷な行為でもある。けれどもそれは同時に、これを逆手にとって未知の世界を切り開いていくことのできる、すぐれてスリリングな体験でもあるのだ。

第五章

小説を書く「私」

―メタ・レベルの法則、『和解』を書いているのは誰か？―

自作について語ること

演奏のさなかに指揮者が指揮を中断し、観客に向かって、ここは特に大切なところなので心して聴いてほしい、などと解説を始めたら、聴き手は一体どう思うだろうか。

こうした〃ありえない事態〃がしばしば起こりうるのが「小説」というジャンルの特性でもある。

たとえば太宰治の『道化の華』の一節をふたたび参考にしてみることにしよう。小説の作者である「僕」が物語の内容に注釈し、読者に直接語りかけてくる場面である。

僕はこの小説を雰囲気のロマンスにしたかつたのである。はじめの数頁《ページ》でぐるぐる渦を巻いた雰囲気をつくつて置いて、それを少しづつのどかに解きほぐして行きたいと祈つてゐたのであつた。不手際をかこちつつ、どうやらここまでは筆をすすめて来た。しかし、土崩瓦解《どほうがかい》である。

許して呉れ！　嘘だ。とぼけたのだ。みんな僕のわざとしたことなのだ。書いてゐるうちに、その、雰囲気のロマンスなぞといふことが気はづかしくなつて来て、僕がわざとぶちこはしたまでのことなのである。もしほんたうに土崩瓦解に成功してゐるのなら、それはかへつて僕の思ふ壺だ。悪趣味。いまになつて僕の心をくるしめてゐるのはこの一言である。ひとをわけもなく威圧しようとするしつつこい好みをさう呼ぶのなら、或ひは僕のこんな態度も悪趣味であらう。僕は負けたくないのだ。腹のなかを見すかされたくなかつたのだ。しかし、それは、はかない努力であらう。あ！　作家はみんなかういふものであらうか。告白するのにも言葉を飾る。僕はひとでなしでなからうか。ほんたうの人間らしい生活が、僕にできるかしら。かう書きつつも僕は僕の文章を気にしてゐる。

このようにひとたび「書いている自分」までもが題材にされ、「小説の効果」が問われ始めた瞬間、あたかも合わせ鏡の中の自分をのぞき込むような自己循環が始まり、「僕」は自意識過剰の自縄自縛《じじょうじばく》に陥ってしまう。もちろんこれは「自意識過剰の饒舌体」と言われる、いささか極端な例ではあるけれども、実は一人称の語り手が「この小説」の作者であることをみずから明かした場合、潜在的にはいつでも起こり得る現象なのである。

「自己」増殖の要件

このように自己が次々に増殖していく現象には、次の三つの要件がかかわっているようだ。まず第一には〝自省〟であるということ。仮に「彼」が「彼」について内省したとしても、おそらくこれほどの数珠《じゅず》繋《つな》ぎになることはないだろう。「私」でありながらも「私」ではない、という二重感覚がわれわれをとまどわせ、羞恥や嫌悪の引き金になるのである。逆に言えば「自己」はまぎれもなく「自己」にほかならぬという同一性が前提になるからこそ、必ずしもそのようには感じられない違和感がはじき出されてくることになるのだろう。

第二には、「書くことについて書く」、という形がとられているということ。言葉はしばしば鏡にたとえられるが、書かれた言葉の最初の読者は書き手本人なので、ひとたび「書いている自分」までもが対象化された時、あたかも合わせ鏡をのぞき込むように「それを書いている自分」が派生し、無限の連鎖を呼び起こしていくことになるのである。

第三には、「書けない」という否定の形をとっているということ。仮に社会的に功成り名を遂げた著名人が〝いかに成功したか〟を語ったところで、イヤミな、鼻持ちならない「自己」が示されるだけだろう。これに対し、「自己」に自信を持てぬ思春期の若者たちは、往々にしてみずからを否定的に語りたがる傾向がある。彼らの弁を聞いているといささか極端で、何もそこまで、と思うことが多いのだけれども、たとえ個々の内容は同意しかねるものであったとしても、否定の仕方それ自体に、他の何をもってしても代えがたい〝その人らしさ〟が顕現してくるのである。そもそも文学とは、言葉によって言葉にならざる世界を喚起していく〝場〟なのであり、われわれは否定を通してより多く想像力をかき立てられ、外面からはうかがい知ることのできぬ本質に迫ることができるのである。

意図的なはぐらかし

小説を「書けない」と告白してみせることによってどのようなことを表現することが可能になるのか、あらためて、『道化の華』に即して考えてみることにしよう。

この小説は主人公大庭葉蔵《おおばようぞう》が女性と心中を図り、相手は絶命し、葉蔵が海浜の療養所に入院したところから始まっている。以下付き添い看護婦の真野《まの》、見舞いに訪れた友人飛驒《ひだ》、小菅《こすげ》を加えた四人の青年たちが、退院までの四日間、互いの傷に触れまいと、「道化」に満ちた交歓を繰り広げていくのである。

題材になった心中事件は昭和五年の太宰治自身の体験を踏まえたもので、この体験から小説の発表された昭和一〇年までの数年間は、実は若い知識人たちの自殺・心中が激増していた時期でもあった。昭和七年の坂田山心中事件、昭和八年の三原山事件などを中心に、自殺・心中は重大な社会問題と化し、新聞の社説等で、「なぜ自殺か」をめぐるさまざまな議論が展開されていたのである。

こと文壇文学にかぎって言えば、この時期、自殺・心中は若い知識人たちの左翼運動からの脱落やそれに付随する階級的苦悩――当時はやった言葉で言えば「青白きインテリの苦悩」――の象徴として描かれることを常としていた。事実この小説にもそのような示唆が随所に埋め込まれているので、読者は当然、こうした解釈を暗黙の前提に読み進めていくことになる。たとえば作中には主人公の心中の要因を小菅と飛驒が想像し合う場面があり、そこでは「思想だよ、君、マルキシズムだよ」「ずゐぶん、はげしくやつてゐたよ」「弱いからだで、あんなに走りまはつてゐたのでは、死にたくもなるよ」などといった文言が見える。だが、小説の作者を名乗る「僕」は「思想だよ」という言葉に対して「この言葉は間が抜けて、よい」とし、真因をあえてぼかしてしまう。これ以外にも葉蔵がみずから要因を「なにもかも原因」である、と朧化《ろうか》してしまう場面があるのだが、「僕」はこれを引き取り、さらに次のように注釈してみせるのだ。

葉蔵はいま、なにもかも、と呟いたのであるが、これこそ彼がうつかり吐いてしまつた本音ではなからうか。彼等のこころのなかには、渾沌《こんとん》と、それから、わけのわからぬ反撥《はんぱつ》とだけがある。或ひは、自尊心だけ、と言つてよいかも知れぬ。しかも細くとぎすまされた自尊心である。

「青白きインテリの苦悩」を読み取ろうとする読者の関心は、こうした一節によってあっさりはぐらかされてしまう。「自殺階級者」「時代病患者」といった、当時くりかえし投げつけられていた紋切型《もんきり》の、それゆえに〝明快〟でもあったはずの裁断批評の数々に対し、この「なにもかも」という一節が何と大きなイロニーを含んでいることか。仮にこうした一方的な〝レッテル貼り〟そのものにこそ青年たちの苦悩の要因があったのだとしたら、問題の解決は裁断をくりかえすことではなく、こうした〝決めつけ〟からいかに「細くとぎすまされた自尊心」を守り、巧みに身をかわしていくか、にかけられていたはずなのだ。

作中の「青年たち」はあえて「本気に議論」せず、自尊心をいたわり合いながら「道化」を演じるのだが、ただそれだけでは読者に真意が伝わらないので、作者の「僕」が彼らに代わって、彼らがそもそもなぜ「道化」を演じなければならぬのか、その説明を始めることになる。

しかし、もしもその「僕」が明快な解説を展開してしまったなら、これもまた在来のレッテルに別のレッテルをもって代えるだけに終わってしまうことだろう。「僕」は彼らを救済しようと試みるのだが、それもまた、明快な言葉を持たぬがゆえに〝失敗〟に終わらなければならない。読者は「僕」がなぜ書けないのかを考えることにより、「青年たち」を一方的に決めつけようとする「大人たち」の横暴に気づき始めることになるのである。

われわれは小説を読み始める時、まずその題材や題名からある種、共通の期待や予想を抱いてページをめくり始めることだろう。だがもしもその期待に一〇〇パーセント応《こた》え得る作品があったとしたなら、おそらくその小説は安心して読まれることはあっても、後代に残ることなく姿を消してしまうのではなかろうか。名作の条件は同時代の期待の枠組みに沿いつつも、その過程にズレや矛盾を含むために読み手がある種の違和に突き当たり、自分の中にある先入観の変革を迫られていく点にある。自意識過剰に陥っていく「僕」の姿は、実は「何が書けないのか」に注意を喚起していくための巧妙な手立てでもあったわけである。

〝和解〟を書く物語

前章で一人称の「告白・回想モード」の特性として、鷗外の『舞姫』を例に、「描く私」と

「描かれる私」との対比を通し、「何が描けないのか」という「もう一つの物語」が立ち上がってくる様相について考えてみた。右にあげた『道化の華』は、「告白・対話モード」でそれが実践された典型的な例でもある。「自己」が数珠繫ぎになっていくのは、「告白・対話モード」固有の現象でもあったわけである。

あわせてここでもう一例、それとは対極の「ひとりごと」文体である、志賀直哉の『和解』（大正六年）について考えてみることにしよう。「小説家」みずからが、「何が書けないのか」を書いていくこうした手立てが、実は近代小説一般にも通じる普遍的な特性であった事情がより明確に見えてくるのではないかと思う。

『和解』はその名の通り、ある家庭における父と息子との〝和解〟の物語である。題材自体は、あるいはどこの家庭でも起こり得る、ごく一般的な愛憎劇にすぎぬのかもしれない。しかしこうした内容が単なる「自分史」やノンフィクションではなく「小説」として認められたゆえんは、この場合、主人公の「自分」が「小説家」であり、なおかつ『和解』自体の作者でもある、という設定にかかっていたように思われる。

冒頭に近い部分から引用してみよう。

自分は八月十九日までに仕上げねばならぬ仕事を持つてゐた。夜十時頃から書いたが、材料が何だか取扱ひにくかつた。最初「空想家」といふ題にしてゐたが後に「夢想家」と変へた。それで自分は六年前、自分が尾の道で独住《ひとりずま》ひをしてゐた前後の父と自分との事を書かうとした。自分は父に対して随分不愉快を持つてゐた。それは親子といふ事から来る逃れられない色々な縺《よ》れ混《まじ》つた複雑な感情を含んでゐたにしろ、其《その》基調は尚《なお》不和から来る憎しみであると自分は思つてゐた。自分は口でそれを話す時は比較的簡単な気持で露骨に父を悪くいつた。然《しか》し書く場合何故《なぜ》かそれが出来なかつた。自分は自分の仕事の上で父に私怨《しえん》を晴すやうな事はしたくないと考へてゐた。それは父にも気の毒だし、尚《なお》それ以上に自身の仕事がそれで穢《けが》されるのが恐しかつた。

自分の気持は複雑だつた。それを書き出して見て其複雑さが段々に知れた。経験を正確に見て、公平に判断しようとすると自分の力はそれに充分でない事が解《わか》つた。自分は一度書いて失敗した。又書いたがそれも気に入らなかつた。たうとう約束の期日まで六日程しかなくなつて、それで少しも完成の見込みが立たなかつた。自分は材料を変へるより仕方がなかつた。

（二）

このように『和解』は、一人の小説家が〝和解〟を主題にした「夢想家」という作品を書きあぐね、それが『和解』そのものに成り代わっていくプロセスでもある。いわば〝楽屋裏〟の情報が並行して発信されているわけで、ここに至ってある一家庭の挿話は、同時に一人の「小説家」がそこから普遍的な意味を抽出し、これを「小説」として表現していこうとする物語でもあることが明らかになるのである。

「小説家」の〝学習〟のプロセス

それではこの場合、作中の「小説家」が学び取っていく内容とはどのようなものだったのだろうか。

主人公は父親に対して「不愉快」を感じているのだが、当初彼はその原因は、不和から来る「憎しみ」にあると考えていた。しかし実際に作中の言葉の使われ方を調べてみると、個人的な悪感情には「不快」や「腹立ち」などの語が用いられており、不和の真因とは区別されていることがわかる。不和とその解消にかかわるキーワードは実は「調和」なのであって、父子相互の「気分」が互いに作用しあい、変化をくりかえしながら「調和」に至る、その感情の波動が最終的な〝和解〟をつくり上げていくことになるのである。

しかし「夢想家」を構想している段階では、彼にはまだそれが見えていない。おそらく相互の「気分」の「調和」としてこれを表現できた時に初めて、「小説」は完成するのだろう。「私怨」を晴らしてはいけないと思い、倫理的な観点から「経験を正確に見て、公平に判断しよう」とすることばかりに執着するかぎり、「自分の力はそれに充分でない」という形で、おそらく事態は堂々巡りをくりかえすしか術《すべ》はないのである。

やがて小説家である「自分」は、子供の誕生とその死など、さまざまな体験を経る中で右の事実を〝学習〟し、その結果として、結末の有名な和解の場面を迎えることになる。和解が成ったあと、主人公は次のように言う。

自分にはもう父との不和を材料とした「夢想家」を其儘《そのまま》に続ける気はなくなつた。自分は何か他《ほか》の材料を探さねばならなかつた。材料だけなら少しはあつた。然《しか》し其《その》材料へ自分の心がシッカリと抱き付くまでには多少の時が要《い》つた。多少の時を経ても心が抱き付いて行かぬ事もある。さういふ時無理に書けばそれは血の気のない作り物になる。それは失敗である。十五六日までの期日に何か物になる程のものが出来るかしら？　（十六）

このように当初の「夢想家」が、『和解』になり代わる経緯が示されるところで小説は閉じられる。あえて言えば、『和解』は単に主人公が父親と〝和解〟する物語なのではない。〝和解〟は一生活人としてなされるのではなく、あくまでも小説家としてなされている。否、より正確に言えば、「小説家」としてあるべき〝和解〟が模索され、しかもそのプロセスが逐一読者に報告されることによって、最終的に『和解』は「小説」として成立したのである。

メタ・レベルの法則

『道化の華』も『和解』も、「小説の書けない小説家」を通して、さまざまなサジェスチョンが示されていく点にその特色があった。そしてその際に重要なことは、書けないのはあくまでも「僕」や「自分」なのであって作者その人ではない、という点だ。前章の『舞姫』の例も含め、「この小説（手記）」を書き悩む「私」を通して、背後の作者が、なぜ書けないのか、を間接的に示唆していくわけである。

一般に「〇〇」に対する自己言及、つまり「〇〇とはいかなるものであるのか」を表現する水準を「メタ・〇〇」という。たとえば「メタ・音楽」とは「音楽とは何か」を表現している音楽のことだし、「メタ・彫刻」とは「彫刻とは何か」を表現している彫刻のことだ。そして冒頭に述べたように、「小説」というジャンルは音楽や彫刻と違い、メタ・レベルの言表を自在に取り入れていくことのできる点にその際だった特色がある。

日本の近代小説は、「小説を書く私について書く」葛藤を通し、さまざまな表現領域を切り開いてきた歴史でもあった。「この小説」について語り始めた瞬間に「もう一つの物語」が並行して発信されていくこうした現象を、とりあえずここで〝メタ・レベルの法則〟と名づけておくことにしよう。

たとえば自然主義系統の私小説を書き継いでいた、葛西善蔵《かさいぜんぞう》という小説家がいる。現在でこそ読者が減ったが、当時は志賀直哉と並び称される評価を確立していた作家である。実生活を題材に「人生の悲惨」をみずから体現するために、すすんで貧困を引き受け、あるいは病になり、壮絶な死を遂げたことで知られている。

『湖畔《こはん》手記』(大正一三年)は、彼の晩年の代表作である。すでに肺病に冒された「自分」は、郷里の家族や同棲している女との生活を振り切り、一人、日光湯元温泉へと向かう。無一文に近い状態で、病苦を酒でごまかしながら、何とか小説を書こうとするのだが結局一枚も書けない。人生の醜悪に足をすくわれている今の境遇を克服してこそ小説が書けるはずなのだが、結局それはかなわず、「この手記」を通して、人生の実相に向き合うことの中にしか自分の宿業のないことをあらためて自覚するのである。

右からもわかるように、ここには小説家の哀しき性《さが》のようなものがしっかりと表現されている。逆説的な自負、とでも言ったらよいのだろうか、「小説が書けない」という事実を通して、あるべき「小説」への熱烈な想いが語られていくのである。

葛西善蔵に限らず、川端康成の『雪国』なども含め、日本の近代には、小説家が一人温泉宿に向かい、「小説」を書き悩む作品がなんと多いことだろう。おそらく世界の近代文学の中で、日本のそれほど主人公が小説家を兼ねているケースが多い例も稀なのではあるまいか。そこには、作中の「私」が「小説家」を演じることによって、さまざまな芸術理念、文学観を発信していく、〝メタ・レベルの法則〟が貫かれているからなのだろう。

以下、なぜこうした方法が独自に発達を遂げるに至ったのかを、少し視点を変え、日本の散文芸術の歴史をふりかえりながら考えてみることにしよう。

「描く」ことと「語る」こと

「描くこと(showing)」と「語ること(telling)」と。この両者は古来から、文学における根本的な表現形態の違いであると考えられてきた。誰が見てもそうであるように客観的に示すことと、具体的なシチュエーションを前提に、誰かが誰かに語り伝えていく伝承形態との違いである。そして日本の散文芸術をふりかえってみると、多くの場合、「描くこと」よりも「語ること」を中心にその歴史が展開してきたことに気がつく。たとえば大宅世継《おおやけのよつぎ》が夏山繁樹《なつやまのしげき》に語るのを作者が聞き書きする、という『大鏡』の歴史語りを思い起こしてもよいし、琵琶法師と『平家物語』の関係を想起してみてもよいだろう。少なくとも散文の場合、常に誰が誰に語るのか、という具体的な「場」を暗黙の前提に、その世界が展開されてきた経緯を持っているのである。

たとえば『源氏物語』の「草子地《そうしじ》」と呼ばれる語りもその一つで、叙述の中に「女(書き手である女房)」が突然顔を出し、語る内容に注釈を加える場面がしばしば登場する。内容を一個のモノとして提示するのではなく、語り手と語られる物語との関係それ自体が表白されていくこうした伝統は、たとえば江戸時代の読本《よみほん》というジャンルにまで脈々と受け継がれ、語り手は「それはさておき」「むだばなしはさておく」などといった語と共に自在に物語内容のウチ・ソトに出入りしていくことになる。さらには、一見会話中心で地の文の語りが介入しにくい洒落《しゃれ》本や黄表紙(いずれも江戸後期の戯作)にまで「口上」が冒頭に付され、「作者曰《いわ》く」といった形で作品の注釈を始める形態を生むことにもなったのである。

近代になっても、小説というジャンルは落語や講談などの口承文芸――語りもの――と常に密接な関係があった。紙芝居の例を想起してみてもよいし、西洋から無声映画(サイレント)が伝わった時、活動弁士が間に立って内容を解説する形が一般化したのも、あるいはこうした伝統に連なるものであったのかもしれない。

「ありのまま」という幻想

だが、大衆的な口承文芸からの自立を図り、西洋の芸術理念への接近をめざした狭義の近代小説は、まずこうした慣習といかに戦うか、というところから出発したのだった。科学精神の浸透、産業革命の影響などもあって、文学においてもまた、あるものを「ありのまま」に写し取る写実主義的な理念が主流になりつつあり、こうした影響のもと、いかにして旧来の文学伝統――作中の語り手の介入――を排除していくかが大きな課題になったのである。

坪内逍遙の『小説神髄《しんずい》』(明治一八~九年)は、西洋の近代小説、つまり「ノベル」の概念を日本で最初に移入したことで知られる画期的な文芸評論だが、その中で「模写(写実)」の要件として、作者の口出しをくりかえしいましめている。たとえば作者の役割を将棋《しょうぎ》の中継にたとえ、作者は客観的に将棋の進行を読者に報告しなければならず、もしも余計な評言を差し挟んだならば、その瞬間にそれはもはや、当人たちのさす将棋ではなくなってしまう、というのである。

だが、逍遙のこうした主張は、それまでの文学伝統に照らした場合、見かけ以上に困難なものだったようだ。以後の近代小説は「ありのまま」に写すのだという「模写」の概念と、それまでの「語り」の要素との妥協、葛藤の歴史として捉えることができよう。逍遙以来の写実主義の延長線上に、やがて明治後期の自然主義の時代を迎えるのだが、田山花袋の「平面描写」論のところで明らかにしたように、結果的には「描写」と「語り」との〃妥協〃がさまざまなレベルで図られていくことになるのである。

たとえば当時の自然主義の描写論を見ていると、本来「客観」が重視されるはずの議論の中で「主観」をいかに取り入れていくか、が大きなテーマになっていたことに気がつく。当時の主要な論客であった島村抱月《ほうげつ》が『文藝上の自然主義』(明治四一年)という評論で、「本来自然主義」は「消極的態度」であり、むしろ「積極的態度」として、「主観挿入的」で「説明的」な、「印象派自然主義」があり得るのだ、という主張を展開しているのもその一例である。こうした主張は日本の自然主義受容のいびつなありようを示すものとして、これまで批判的に取り上げられることが多かったのだが、実はその背景には、場面内在的に「語ること」と、外在的な視点から「描くこと」との折衷をいかに図るか、という、日本の散文芸術固有の問題意識が流れていたわけである。

作中「小説家」の誕生

自然主義の代表作として知られる田山花袋の『蒲団《ふとん》』(明治四〇年)は、こうした工夫の実践という意味でも画期的な試みだった。中年の妻子ある小説家である時雄は自宅に住まわせた女弟子、芳子にひそかに恋情を抱いている。芳子が他の男と交渉を持つと烈《はげ》しく嫉妬するのだが、結局「温情なる保護者」の名のもと、偽善的な態度をとってそれを抑制してしまう。芳子もまた恋人と別れ、失意のうちに帰省するのだが、時雄は部屋に残されていた女の蒲団に顔を当て、その移り香に涙するのだった……。

『蒲団』は花袋自身の実生活を大胆赤裸々に「告白」したものとしてセンセーショナルな反響を呼ぶのだが、実は花袋がもっとも意を注いだのは、いかにして主観的な題材を客観的なよそおいをもって描いていくか、という〝折衷〟の実践なのだった。事実この小説は時雄を主人公とした三人称の形がとられており、語り手の主観的判断が正面に出ることはほとんどない。その意味では坪内逍遙以来のいましめが固く守られていたわけである。しかしその背後には場面に潜在する「私」が必ずいるわけで、実は双方の要素の橋渡し役として設けられたのが、時雄が「小説家」である、という設定だったのではないだろうか。

その意味でも冒頭付近に、「文学者だけに、此《こ》の男は自《みず》から自分の心理を客観するだけの余裕を持つて居《い》た」という一節がさりげなく記されている事実は重要だろう。事件の当事者でありながらそれを冷静に客観しうる、一種特異な才能を持った「小説家」を主人公にすることにより、叙述に潜在する「私」は余計な口出しをせず、みずからの観察や説明の権限の大半をそこに委譲することが可能になる。特殊な能力を持った「小説家」に見えた通りのことを〝客観的〟に読者に提示していけばよいのである。

主人公を「小説家」にし、自分で自分を〝客観〟させる、という『蒲団』の形態は、実は坪内逍遙以来、一度否定されたはずの作品内「作者」の、近代におけるあらたな復活としての意味を持っていた。「作者曰く」という形でかつて物語内容を外側から対象化していたまなざしは、今度は物語を内側から、当事者の側から捉えるまなざしへとその役割を変えていったのである。「小説家」を主人公にする、というやり方は、「草子地」以来の散文芸術の伝統を引き継ぎつつも、「写実主義」というあらたな要請のもとに編み出された、近代固有の表現形態でもあったわけである。

「成り立ち」の物語

『蒲団』を一つのきっかけに、以後、言文一致の「三人称のよそおい」が一般化するのに比例するように、「小説家」を主人公にした「小説家小説」もまた、急速にその数を増していくことになる。ここから一つ指摘できるのは、プレーンな描写が求められれば求められるほど、そこに当事者の視点を付与するために、特殊な能力を持った作中「小説家」の役割もまた増大していくという一般則なのである。

ひとたび「小説家」が作中に登場し、しかもそれが当該作の作り手でもあるらしいというサジェスチョンが加えられた瞬間に、〝メタ・レベルの法則〟に従い、その小説の「成り立ち」が、いわば物語に対する「もう一つの物語」として派生していくことになるだろう。あたかも活動弁士の注釈を聞きながら映画を鑑賞するように……。

そしてその次に、ひとたび「楽屋裏」が問題になった場合、読者ははたして本当に当初の意図通りに書かれている小説なのか、もしそうでないとしたなら、なぜ意に反した小説になってしまったのか、といった副次的な関心を持ち始めるにちがいない。『道化の華』や『和解』のように、作中作を書きあぐねる「小説の書けない小説家」の形をとることによって、つまり「何が描けぬのか」を描くことによって、結果的に作者ははるかに多くを表現することが可能になるわけである。

作中の「小説家」の試みは、それが無謀なものであればあるほど魅力ある空白や矛盾を作中に生み出していくことになるだろう。『蒲団』の場合、「文学者だけに、此の男は自から自分の心理を客観するだけの余裕を持つて居た」という設定には明らかな無理があり、芳子への烈しい嫉妬にさいなまれながら、時雄が一方でそうした自分を冷静に客観できていたとは到底信じがたいことである。時雄の「冷静な自己観察」とそれに名を借りた語り手の〝煩被り〟とが微妙に共鳴し合い、共同戦線を張ることによって、結果的に、彼の観察の偽善性や、語られざる空白部分が次々に明るみに出てくることになるだろう。たとえばヒロインの芳子が本当に、心から師としての時雄を信頼し、慕っていたのか、という〝疑惑〟もその一つであると言ってよい。時雄にあまりに都合よく各人物が語られすぎているために、かえってそこから、作家志望と恋愛という二つの夢を共に実現しようとし、挫折していく一人の魅力的な女性主人公の生きざまを救い出してみることも、あながち不可能ではないのである。

いわゆる〝なりきり―目隠し〟が生む空白によって浮上してくる物語は作者の意図をも超えたものだ。「小説家」としてふるまおうとし、ふるまいきれぬそのほころびを通して、結果的に作中の人物たちが精彩ある、独自の生を歩み始めることになるのである。

章の冒頭に述べたように、演奏のさなかに指揮を中断し、観客に向かって、ここは特に大切なところなので心して聴いてほしい、という解説を同時にできる点にこそ「小説」というジャンルの特性がある。小説は一個の演技空間なのであって、その舞台に登場する「小説家」の「私」は、背後の作者と連携しながら、さまざまなパフォーマンスを繰り広げていくことだろう。文学とは言葉によって言葉にならざる世界を喚起していく〝場〟なのであり、「私」の自己否定や〝挫折〟を通し、われわれは背後にある豊穣な世界をくみとっていくことが可能になるのである。

第六章

憑依《ひょうい》する「私」

――幻想のつくり方、泉鏡花、川端康成、牧野信一の世界――

彼岸へのいざない

彼岸《ひがん》(あの世)への信仰をいかに語るか、というのはそもそも文学の始原的なテーマであると言ってよい。わが国の文学もまた、神々の活躍する古代から、仏教説話華やかなりし中世、さらには怪異譚の宝庫である江戸文学に至るまで、さまざまな形で「あちら」の世界への思いが語り継がれてきた。近代の合理主義、科学的実証精神の時代になって、それでは小説がこうした世界とまったく無縁になったのかというと、決してそのようなことはない。むしろ写実主義の世だからこそ、それではすくい取ることのできぬ世界への想像力がかき立てられていくことになるわけで、そこに近代独自の夢や幻想のあり方が問われることにもなるのである。日常会話に密着したリアリズム——言文一致体——で彼岸の世界をいかに描いていくか、というのは、その意味でもきわめて困難な、それゆえに魅力的なチャレンジでもあったのだった。

ふりかえって考えてみると、そもそもわれわれが幽霊を怖れるのは、「あちら」の世界が「こちら」の世界に一瞬、あるべからざるものとしてその片鱗を見せるからなのだろう。仮にわれわれが「あちら」の世界に軸足を移してそのできごとを語ったとしても〝怪異〟にはなるまい。彼岸とは、此岸《しがん》――日常的な現実――を前提に初めて成り立つ世界なのであり、龍宮城も月の世界も、浦島太郎やかぐや姫が現実世界と行き来するからこそ意味を持つのである。文学が扱うことのできるのは常に幽明界《さかい》を異《こと》にするこの二つの世界の関係だけなのであって、要はその〝交通〟をいかに言葉にしていくか、なのだ。

その際、写実主義の世に身を置く一人称の「私」は、その媒介者として、きわめて重要な役割を担うことになるだろう。

たとえば「イタコの口寄《くちよせ》」というものがあって、われわれはイタコ（修行を積んだ、下北半島を中心とする霊場の女性たち）の語りを通して黄泉《よみ》の国の肉親、祖霊と交感することができるのだという。実は小説の語り手である「私」もまた、時にイタコに霊が憑依《ひょうい》するように、「あちら」の世界を「こちら」に伝えてくれる伝達者の役割を果たしてくれているのではあるまいか。ある時は当事者の証言である、というリアリティによってわれわれを異界体験へいざなうこともあろうし、またある時は識閾《しきいき》下に潜む、豊穣な夢の世界を導き出してくれることもあるだろう。

以下、明治から昭和にかけて、小説の中で「私」が非日常世界をこの世に導き出す媒介者としてどのような役割を果たしてきたのかをたどってみたいと思う。

泉鏡花『眉かくしの霊』

泉鏡花は近代小説にあって妖艶《ようえん》な怪異の世界を描き続けた孤高の存在である。非業の死を遂げた恋人たちが数百年後、妖怪となって再会する『夜叉《やしゃ》ケ池』(大正二年)、姫路城の天守に住む妖怪(女)と下界の男とが禁断の恋に落ちる『天守物語』(大正六年)など、明治の半ばから昭和にかけ、彼は三〇〇編以上もの唯美的なロマンを描き続けた。その多くは土地に古くから伝わる民間伝承に根ざしており、単に近代という時代のものさしではかることのできぬスケールを兼ね備えている。そのせいもあってか文壇では不遇な時期が長かったのだが、熱心な読者に支えられ、のちの川端康成や三島由紀夫にも大きな影響を与えている。たとえ数百年後に漱石や鷗外が読まれなくなっても鏡花は読み継がれていくであろう、と言われるゆえんである。

ここではその代表作の中から、『眉かくしの霊』(大正一三年)という小説を取り上げてみることにしよう。

木曽《きそ》街道奈良井《ならい》の宿の鎮守の社《やしろ》、山王《さんのう》様の背後には深い森があり、さらにその奥の桔梗《ききょう》ケ池に、「池の奥様」と呼ばれる魔性——眉を剃り落とした妖怪——が住んでいた。ある日、お艶《つや》さまと呼ばれる美しい婦人が奈良井を訪れ、事情があって恋人を救うために「池の奥様」と美貌を競うことになる。だが、桔梗ヶ池に出かけたお艶さまは眉を隠した姿を魔性に見誤られ、土地の猟師に撃たれて非業の死を遂げてしまう。

小説に描かれるのは、奈良井の宿に現れる、そのお艶さまの亡霊である。

おそらくこうした怪異を読者に示すにあたっては幾通りもの書き方があったと思うのだが、鏡花はその中でも少々手の込んだ手法を用いている。まず境賛吉《さかいさんきち》という人物が、小説の「筆者」に対して、奈良井の宿に泊まった折の怪異体験を語る。その話の中でさらに宿の料理人の伊作《いさく》が、賛吉に自分の見聞したお艶さまの悲劇を語る。話がクライマックスに達したところで、二人のもとに霊が姿を現すのである。

全六章のうち、前半三章は賛吉の宿での怪異体験で、いずれも後半の伏線になっている。たとえば宿の夕食に出された鶫《つぐみ》の丸焼きをきっかけに、山で鶫を食べ、口から血を滴《したた》らせていた芸者の話を思い出すくだりは、お艶さまの最期のイメージにつながるものでもある。止《と》めたはずの洗面所の蛇口から水の流れる音が聞こえたり、湯殿の闇に提灯が見え隠れしたり、眉を隠した美女の幻に遭遇したりする体験も、のちに聞くお艶さまの物語に呼応している。ちなみに「水」と「闇」と「女」は、鏡花の文学にあって怪異が現れるための三大要素なのである。

後半の四章に入り、伊作は一年前のお艶さまの悲劇の経緯を語り始める。語り終わると湯殿に提灯が見え隠れし、亡霊が姿を現すところで物語は一気にクライマックスを迎える。鏡の前で装束を整え、眉を剃り落とした亡霊が「……似合ひますか」と語りかけてくる場面は衝撃的で、多くの読者はその場に居合わせているかのような戦慄を覚えることだろう。

ほかに考えられる形としては、後半も前半三章のように、「その時贄吉は……」という三人称的な視点で語っていくやり方があっただろう。しかし鏡花はあえてそうした手法はとらなかった。後半を伊作の一人称(伊作から贄吉への「伝聞モード」)に切り替え、桔梗ヶ池の事件と宿の現実の双方に当事者としてかかわった人物の視点を前面に押し出す形をとったのである。これによって、読者は贄吉の体験した奈良井の宿の怪異とお艶さまの最期とを、いずれも当事者の証言として重ね合わせて聞くことになるだろう。両者が二重写しにされるために、目の前の現実と過去の伝承とが交錯し、「あり得ないはずの事実」が一人歩きを始めることになるのである。

「伝言ゲーム」の効用

すでに述べたように、一人称語りのもっとも大きな利点は、直接間接を問わず、事件にかかわる当事者の証言であるというリアリティにある。火星探索にせよ地底探検にせよ、一般には内容が非現実的なものであるほどその効果は増すものと考えられよう。この場合、語るのは必ずしも事件の中心人物である必要はなく、伝聞や聞き書きの形をとることによって——一人称の「伝聞モード」によって——フィクショナルな内容に実在感が与えられることになる。『眉かくしの霊』の場合、伊作が賛吉に語り、賛吉が「筆者」に語り、「筆者」が読者に語る、という伝言の形をとることによって、怪異の源泉である桔梗ヶ池から霊の現れる宿の現場、さらには読者が身を置く現実へ、というぐあいに、遠い怪異の世界が次第に日常世界にかかわってくるような印象が生み出されるわけである。

振り返ってみるに、そもそもこうした「入れ子（大きさの異なる同型の容器を大きいものから小さいものへと重ねた工芸細工）型」と言われる構造は鏡花がしばしば用いた手法なのだった。たとえば初期の代表作として知られる『高野聖《こうやひじり》』（明治三三年）は、山中の孤家《ひとつや》で、若い僧が妖艶な魅力をたたえた美女（妖怪）に誘われ、畜生に変じられそうになるものの、誘惑を断ち切って無事、里に帰還してくる物語である。ここでもまず、若者の「私」が若狭《わかさ》に帰省する途上で旅僧（宗朝《しゅうちょう》）と知り合い、一晩、その体験談を聞かされ、それをのちに小説の読者に報告する形がとられている。体験談の内容、つまり森の中の孤家で誘惑される話の大半は、宗朝から若者に向けた一人称の語りである。けれども女が妖怪であったらしい、という情報は、実は宗朝が帰還の路上で孤家の親仁《おやじ》から聞いた話であり、親仁の一人称(親仁から宗朝への直接話法)の形がとられている。こうした「入れ子構造」によって、読者は外枠にある明治の世から、いつしか妖艶な怪異の世界へと引き入れられていくわけである。しかも〝真相〟を語る親仁の話には村の噂や伝承も含まれているので、はたして本当に女が妖怪であったのか否か、という一点に関しては、確実な証拠は何もなく、若者、宗朝、親仁の三人の記憶を順にたどり返していくと、結局何一つ確実な事実はなくなってしまう。一人称の「伝聞モード」はこうした「伝言ゲーム」の作用によって現実世界に怪異を呼び込んでいく、不可思議な力を持っているわけである。

ちなみに鏡花は言文一致体ではなく、和文体(擬古文)でも小説を書いているが、その場合はこうした「入れ子構造」をとることは稀である。もともと和文体は主語を省略したり、一つの文章の中で主体が入れ替わったり、視点が自由に変移する融通《ゆうずう》性がその持ち味なので、「時制」や「人称」などといった概念にとらわれずに話を進めることができる。これに対して近代の言文一致体の場合は、誰がどのような立場から語るのか、という「資格」が重視されるので、ある一人の人物が語り始めた以上、その人物に見えぬはずの事実が語られることがあってはならない。この文体はわれわれが物心つく頃からあまりに自然に習得してきた言葉なので、日頃その不自由を意識することがないが、実は歴史的には、これほど怪異や幻想を描くことの難しい文体もほかにはなかったのである。

だが、そもそもあらゆる表現は制約を媒体にしてこそ立ち上がってくるものなのだろう。人称によって截然《せつぜん》と切り分けられてしまう世界——仮にそこに近代小説のリアリズムの根拠の一つがあったとするなら、「伝言ゲーム」によって現実から非現実へと読者を誘導していくこの手法は、怪異を写実的なリアリズムの文体で実現していくために選ばれた、独自の工夫でもあったわけである。

「伝言」から「回想」へ

もっとも、こうした鏡花の試みは、その後必ずしも一般に定着したわけではなかった。実は「一人称小説」という表現形態自体が、明治末から大正期にかけ、大きくその性格を変えていった経緯があったからである。

明治の終わりに武者小路実篤、志賀直哉らを中心とする白樺派が文壇に登場した(明治四三年)のはその象徴的なできごとでもあっただろう。あたかも小学生の作文のように、無邪気に「自分」を前面に押し出していく彼らの文体は、賛否共々、大きな反響を呼び起こすことになる（五六〜五八頁参照）。それまで文壇の主流であった自然主義の立場では、少なくとも建前の上では客観的な「描写」が重視され、主観的な一人称は敬遠される傾向があった。けれどもその壁は白樺派の若者たちによってあっけなく突破されてしまう。これによって「一人称」は、「伝聞モード」から個人の「内面」の表現に重きを置く「告白・回想モード」へと、その性格を大きく変容させていったのである。

だが、怪異をいかに語るか、という観点に立てば、そもそも日常の実体験に立脚した写実主義的なリアリズムほどこれに不似合いなスタイルはないだろう。そこにはそれまでの鏡花の工夫とは違い、一人称の「告白・回想モード」で夢や幻想を語るためのあらたな手立てが必要になってくるはずである。

ここでそのヒントを志賀直哉の『焚火《たきび》』（大正九年）という短編を通して考えてみることにしよう。

『焚火』は、「自分」とその妻が新緑の赤城山中の山荘に泊まった折の体験を描いた小説である。ある夜、主人公夫婦と山荘の主《あるじ》のKさん、画家のSさんの四人は湖に小舟でこぎ出し、暗い湖面に揺曳《ようえい》する火影を目の当たりにする。不審に思い、向こう岸に行ってみると焚火の残り火であったことが判明するのだが、このあたりから、雰囲気は次第に神秘的な色彩を帯び始める。それにつられるように各人はかつて体験した「不思議」を語り始めることになるのだが、その中心をなすのが昨冬、東京からの帰り道、雪の山中であやうく遭難しそうになった、Kさんの体験談なのだった。深夜の雪道で意識が朦朧《もうろう》とし、彼は死の危険に直面するのだが、かろうじて峠を越え、無事、生還を果たすことになる。途中で麓《ふもと》から迎えに来た人々と遭遇した時、帰宅することは伝えていなかったので不思議に思い、たずねてみると、実はKさんの母親が真夜中に――Kさんがもっとも危険な状況で意識が混濁していた時に――息子に呼ばれる夢をみたのだという。

Kさんの話はそこまでで、四人が湖畔をあとにするところで小説も終わるのだが、一見スケッチ風に見えるこの小編には、一人称の「告白・回想モード」で日常を超えた世界を表現するための重要なヒントが隠されている。登場人物の怪異体験を作者が聞き書きで読者に語る、という点で言えば、この小説はたしかに『眉かくしの霊』や『高野聖』とも共通する、伝言的な要素を残してはいる。しかし決定的に異なるのは、読者に報告する「私」の役割である。『眉かくしの霊』の「筆者」や『高野聖』の「私（若者）」は基本的には聞き役に徹する身だが、『焚火』の「自分」は、物語世界をつかさどる、まさに中心人物にほかならない。怪異が回り回って「作者」の耳に届くのではなく、「この小説」の作者自身が非日常の切片を掘り起こしていくのである。

幻想の示し方もまた、「伝聞モード」から「告白・回想モード」への変化に応じて、おのずとその当事者性を強めつつあったわけである。

「心境小説」と志賀直哉

実は『焚火』は今日よりも同時代の方がはるかによく知られていた小説で、当時称揚されていた「心境小説」の佳作として高く評価されていたのだった。

「心境小説」というのは大正末期、「私《わたくし》小説」のより純化した、あるべき理想の小説形態としてもてはやされていたジャンルである。当時の議論を集約すると、単に作者の実体験を綴った「私小説」ではなく、その体験がさらに一個の「心境」にまで煮詰められ、ある種の解脱《げだつ》の境地にまで達したもの——そのプロセスを描いた小説——を指すのだという。時はまだ関東大震災の衝撃がさめやらぬ状況にあり、一見堅固に見える日常も、その背後にはいつ崩壊するやもしれぬあやうさが秘められている、という無常観がこれらの論議の背後にあった。こうした機運の中で、志賀直哉の『焚火』や、次章に取り上げる『城の崎《き》にて』(大正六年)が、「心境小説」の代表作としてあらためて評価されることになったのである。

作者が実生活の体験を〝ありのまま〟に告白していく「私小説」は、写実的なリアリズムに沿って書かれているので、一見、非現実的な夢や幻想の世界とは相容れないもののように思われがちである。けれども近代の「私小説」の佳作と言われているものをふりかえると、尾崎一雄や藤枝《ふじえだ》静男などをはじめ、そのかなりの部分が、非現実世界への予覚をみずからの死生観を通して描いたものであることに気がつく。おそらく近代小説を読み解く勘所の一つは、夢や幻想を一人称の「告白・回想モード」を通して——この一見およそ不向きに見える方法を通して——実現していく、その創意と工夫にあったとみてよいだろう。

芥川龍之介の変貌

この問題を考える上で、芥川龍之介は重要なカギをにぎる存在である。『羅生門《らしょうもん》』(大正四年)にせよ、『鼻』(大正五年)にせよ、デビュー当初の芥川がめざしていたのは、古典に現代人の心理を託していく寓話であった。舞台はそもそも現代ではなく伝承の世界なのだから、この方法ならばいくらでも怪異や幻想を描くことが可能であっただろう。

だが、芥川自身、こうしたやり方を必ずしも近代小説のスタンダードであると考えていたわけではないようだ。創作活動の後期になると、彼は次第に古典の翻案からは離れていくことになる。むしろ日常の現実を題材に、写実的な文体で〝怪異〟を描いてこそ「小説」である、というこだわりを持ち始めた形跡があり、現代小説を試みたり、自分を題材にした小説を書き始めたり、あるいはまた一人称を用いてみたりと、さまざまな試行錯誤を続けていくのである。これが、志賀直哉が「小説の神様」「文章の神様」の呼称と共に名声を獲得していくプロセスに呼応していたのは決して偶然の一致ではなく、何よりも芥川自身、先に紹介した志賀の『焚火』に大きく影響されていた形跡があるのである。

たとえば芥川に『海のほとり』(大正一四年)という短編がある。「僕」は知人らと夕食後、浜に散歩に出かけるのだが、そこで話題になるのは漁で沖に出て亡くなった若者の話や、彼の墓場に現れる幽霊の噂なのだった。結局、幽霊に見えたのは墓参りに来ていた恋人だった、というオチがつくのだが、結末で日常に回帰するその終わり方も含め、内容は志賀の『焚火』にきわめてよく似たものが感じられる。だがその一方で、単なる模倣ではない、芥川独自の試みもなされているようだ。たとえば浜に散歩に出かける直前に「僕」が昼寝をし、短い夢をみる次のような場面がある。

僕は暫《しばら》く月の映つた池の上を眺めてゐた。池は海草の流れてゐるのを見ると、潮入りになつてゐるらしかつた。そのうちに僕はすぐ目の前にさざ波のきらきら立つてゐるのを見つけた。さざ波は足もとへ寄つて来るにつれ、だんだん一匹の鮒《ふな》になつた。鮒は水の澄んだ中に悠々《ゆうゆう》と尾鰭《おびれ》を動かしてゐた。

「ああ、鮒が声をかけたんだ。」

僕はかう思つて安心した。――

僕の目を覚ました時にはもう軒先の葭簾《よしず》の日除《ひよ》けは薄日《うすび》の光を透《す》かしてゐた。僕は洗面器を持つて庭へ下り、裏の井戸ばたへ顔を洗ひに行つた。しかし顔を洗つた後でも、今しがた見た夢の記憶は妙に僕にこびりついてゐた。「つまりあの夢の中の鮒は識域下《しきいきか》の我と言ふやつなんだ。」――そんな気も多少はしたのだつた。（一）

語り手の「僕」が鮒の夢をみるもう一人の「僕」をふりかえり、そこに非日常の予覚を見いだしていくこの挿話は、『焚火』からさらに一歩踏み込んでいる印象がある。他者からの伝言ではなく、夢をみた自分を自分が語るという、より「告白・回想モード」に特化した語りになっているからである。その意味でも右に「識域下の我」という語が登場するのは印象的だ。実はこのタームはこの頃から芥川がこだわりをみせる、作風の転換を示すキーワードにほかならない。この時期ほかにも、死んだあとの「僕」が幽体離脱して「僕」を語る『死後』(大正一四年)のような短編があるのだが、「自分を見る自分」を通して「識域下」を探り、日常に非日常を呼び込んでいくこうした手法は、実は前章に紹介した、「小説を書く私」の応用編でもあったわけである。

「意識の閾《しきい》の外」にあるもの

『海のほとり』の発表当時の反響はあまり芳しいものではなかったのだが、芥川はそれにくじけることなく、なおも執拗《しつよう》に『焚火』の路線を模索し続けている。たとえば晩年の代表作と言われる『蜃気楼《しんきろう》』(昭和二年)もその一つで、この小説には、当初「続『海のほとり』」という副題が付されていたのだった。

『蜃気楼』もまた、「意識の閾《しきい》の外」にあるものへの予覚を日常の「僕」が凝視していく物語である。「僕」は友人のK君、O君と鵠沼《くげぬま》海岸に蜃気楼を見に行くのだが、ここにいう蜃気楼とは、日常の中に映し出されるもう一つの世界の表象にほかならない。たとえば「僕」は浜で黒枠の木札が打ち寄せられているのを拾うのだが、そこには横文字の人名が記されており、どうやら水葬した水夫の遺骸につけられていたものであるらしい。妻やO君と夕食後、再び海岸を散歩するのだが、灯《とも》したマッチの影に浮かび上がるのは、ここでもやはり、不気味な「あちら」の世界の予覚なのだった。「何だか意識の閾の外にもいろんなものがあるやうな気がして、……………」という「僕」の言葉は印象的で、ここにもやはり、「私」の意識を「私」がたどり返すことによって、閉ざされた暗部から「もう一つの世界」を導き出そうとする企てを確認することができるのである。

芥川は結局、『蜃気楼』を発表した直後に、三五歳の若さでみずから命を絶ってしまう。その要因に晩年の神経衰弱をあげる論者も多いが、もしもそれを幻想の内容と結びつけてしまうとしたら、それは少々安易に過ぎるだろう。そもそも精神の衰弱した人間に、これほど緻密に構成された世界を表現することができるとは、到底考えがたいからである。

彼は晩年、これと並行して、谷崎潤一郎と「「小説の筋」をめぐる論争」という有名な論争を繰り広げている。そもそもは谷崎が、小説家の身辺を書いた小説が近年目立つけれども、自分は「うそ」でなければ面白くない、と、私小説全盛の風潮に異を唱えたのがきっかけなのだった。それに対して芥川は次のように反論する。谷崎はそのように言うけれども「話の筋」それ自体は必ずしも芸術的であるとは言えない。むしろ話らしい話のない、「詩的精神」に基づく小説こそがより純粋なのだとし、『焚火』をはじめとする志賀直哉の作品を賞賛してみせたのである。

本来芥川は「つくりもの」に意を凝らす作家で、安易に実生活を題材にすることを嫌っていたはずである。その意味ではむしろ谷崎と立場が近かったはずなのだが、その彼が「私小説」の代表格である志賀を称揚し、谷崎と対立せざるを得なくなった経緯に、晩年の衰弱した姿を見る評者もいるようだ。事実この論争は谷崎の主張の方にむしろ一貫性があり、「構造的美観」こそが小説の本質なのだとするその言は、谷崎文学の真髄をかたどる言葉でもある。それに比べ、芥川の物言いは、「僕は或《あるい》は谷崎氏の言ふやうに左顧右眄《さこうべん》してゐるかも知れない」(『文藝的な、余りに文藝的な』昭和二年)といったレトリカルな屈折を含んでおり、そもそも「詩的精神」なるものの定義からして曖昧《あいまい》である。けれども実はこうした言いよどみの中にこそ、「私」の「無意識の記憶」のうちに広がる豊穣な世界を予覚する、一貫した問題意識が秘められていたのではないだろうか。

語り手「私」の意識をたどり返していくことによって「夢」を、無意識の閉ざされた暗部から導き出そうとする企て——漱石の『夢十夜』(明治四一年)をはじめ、その先例はいくつかあるけれども、回想形式に着眼し、小説家の自意識に着目していくこうしたあり方には、鏡花以来の「伝言」形式とも違う、あらたな可能性が秘められていたのである。

川端康成の「輪廻転生《りんねてんしょう》」

芥川のこうした遺志を受け継いだ小説家に、たとえば若き日の川端康成がいる。

川端は芥川より一世代下で、文壇で活動した時期もほとんど入れ違いである。作風の違いもあって、一般にこの両者は別の引き出しに整理されがちだ。しかし実は両者の間には、震災という大きな接点があった。あまり知られていないが、二人は誘い合って震災後の凄惨《せいさん》な焼け野原を数日間、共に彷徨《ほうこう》していたのである。この時の体験はそれぞれその後の作品に大きな影響を与え、芥川は先に触れたように「識域下の我」を手づるに日常から非日常を導き出す方向へと進み、一方川端は、彼の大きなテーマである、「輪廻転生《りんねてんしょう》」の世界へと進んでいったのだった。

ここで、若き日の川端がもっとも愛読していたのが志賀直哉で、当時、志賀の自伝的な長編、『暗夜行路』(大正一〇〜昭和一二年)が文壇の耳目を集めていた事実に注目してみることにしよう。『暗夜行路』は、自分が父の子ではなく、祖父の子であるという宿命と闘う青年の物語である。あたかもそれをなぞるかのように、習作時代の川端もまた、自身が両親を知らずに育った「孤児」であるという宿命を幾度も小説にしようとするのだが、結局志賀のようには書けず、挫折をくりかえしていたのだった。

だが彼は、「私」が書けない、ということをくりかえし「書く」ことによって、一人称の「私」に潜む、大きな可能性に気づき始めたようである。

『大黒像《だいこくぞう》と駕籠《かご》』（大正一五年）という初期作品を見てみよう。


好意に会ふと私の心の底は謙虚になる。その次に来るものは自己反省である。そして私は苦しい自己嫌厭《けんえん》に陥る。孤児根性、居候根性、被恩恵者根性その他の醜いものに突き当る。（二、以下略）二十三の秋から二十五の夏まで、私は幼稚な恋愛小説を書き渋りして苦しんでゐた。その恋愛を失つた原因が、自分に粘りついてゐる厭なもののせゐだと思つたからだつた。自分の境遇から来てゐる心の欠陥に触れるのが苦しかつたからだつた。自責と自嘲の気持とが交り合つて私を冷くした。（略）境遇からしかたなしに一時の間少しいぢけて縮かんでゐただけのことだ。いや、濁つても歪んでもいぢけてもゐなかつた。またさうだつたとしてもそれは過去のことで、その過去では自己嫌悪と自己苛責《かしゃく》が心の極底だけでも美しく澄ませてゐたのだ。自分の精神をありのままに現して天下に問うてみるがいい。くねりくねり果しのない反省は生命から若さと新鮮さを奪ふだけだ。（三）

〝メタ・レベルの法則〟に従い、川端は「書けない」という事実をくりかえし「書く」ことによって、「自己反省」に拘泥《こうでい》するかぎり見えてこない世界――「自分の精神をありのままに現」すことのできる世界――の存在に気づき始めることになる。結果的にそこから導き出されていったのが、「描く私」と「描かれる私」との〝あいだ〟(識閾下)に潜む、輪廻転生という豊穣な「夢」の世界なのだった。

『空に動く灯《ひ》』(大正一三年)という小品の一節をあげてみよう。

何物にも勝《まさ》つて人間を驚天《きょうてん》さし、目を覚《さま》させるのは、人間が絶対的だと考へてゐる事柄《ことがら》を、単に相対的なものだとする事だよ。それを今度の地震は一時にやつてのけたぢやないか。(略)梢《こずえ》の鳩であることも人間であることも、古池に飛び込む蛙《かわず》であることも、ほんの偶然ぢやないかね。(略)大体人間は、人間と自然界の森羅万象《しんらばんしょう》との区別を鮮明にすることに、永い歴史的の努力を続けて来たんだが、これは余り愉快なことぢやないよ。(略)輪廻転生の説を焼野に咲く一輪の花のやうに可愛がらねばなるまいよ。人間が、ペンギン鳥や、月見草に生れ変るといふのでなくて、月見草と人間が一つのものだといふことになれば、一層好都合だがね。それだけでも、人間の心の世界、言ひ換へると愛は、どんなに広くなり伸びやかになるかしれやしない。（一）

志賀から芥川へ、芥川から川端へ。

川端はのちに『末期《まつご》の眼』（昭和八年）と題するエッセイで晩年の芥川を引き合いに出し、芥川が遺書で語る、「氷のやうに透《す》み渡つた」「病的な神経の世界」への憧憬を語っている。震災体験が後押しをするように、川端は川端なりに、「告白・回想モード」の「私」内部の葛藤を通して、幻想世界を掘り起こしていったのだった。

「ギリシャ牧野」の世界

最後に牧野信一をあげておくことにしよう。

「ギリシャ牧野」の名で知られる彼の作品群は、日本の近代にあって特異な幻想文学として親しまれている。基本的には私小説の枠組みを借りながら、日常生活を舞台にした小説家「私」の意識の中にいつしかギリシャ神話や中世騎士道物語が混入し、小田原郊外の田園風景は、エキゾチックな幻想空間に変貌していくのである。

この場合も幻想は幻想として現実と別個にあるのではない。日常世界と隣り合わせにあるからこそ、そこに奥行きのある、第三の世界が立ち現れるのである。そしてここでもそのカギを握っているのは、「小説家」の「私」が現実と非・現実との〝関係〟を語っていくという方法なのだった。

たとえば『酒盗人《さけぬすびと》』（昭和七年）の舞台は、小説家「私」の住む、漁港に近い村の居酒屋である。「私」は、地元の若者たちを集めて酒興に乗じ、ギリシャの哲人や吟遊《ぎんゆう》詩人を気取って雄弁をふるい出す。どうやら彼らは変わり者として村人たちの顰蹙《ひんしゅく》を買っているらしい。しかしそれにめげることなく、彼らは悪徳酒造業者から酒樽を奪うため、ノルマンディの海賊にわが身をなぞらえてくりだしていく。このあたりから読者は、どこまでが小田原郊外の村の現実でどこから先が幻想の世界なのか、見分けがつかなくなってしまう。否、読者だけでなく、どうやら「私」自身にも見分けがつかなくなっているらしい。

次にあげるのは結末の結びの一節である。

　それにしてもあれらの何処《どこ》までが私の夢であつたか、或ひは夢と云ふのは私のごまかしであるか——それを判別すべく、焦《じ》れた酒の香に酔ひ痴《し》れたまゝの私の頭では、少くとも明日を待たねばならなかつた。あれらが悉《ことごと》く夢であつたならば、このいきさつを私は再び一篇の物語に綴り代へて、親愛なる諸君の前に披瀝《ひれき》したい望みを持つてゐる。

ここにいう「私」は主人公でもあり、語り手でもあり、『酒盗人』の作者でもある。単に夢みる登場人物にとどまらず、同時にその夢を記述し、さらにその記述の「いきさつ」を「一篇の物語」に代えて読者に披露することがめざされているわけである。言い換えれば、「夢」は単独に「夢」として存在するのではなく、現実と現実にあらざるものとの〝ちがい〟を見極めようとする「私」のパフォーマンスを通して、初めてその姿を現すのである。

泉鏡花の『高野聖』『眉かくしの霊』と、牧野信一の代表作として知られる『ゼーロン』（昭和六年）、『酒盗人』と――この二人の小説家を読み比べてみると、一人称の「伝聞モード」による幻想づくりと「告白・回想モード」の幻想のつくり方との典型的な違いが見えてくるだろう。一人称が告白性を強めていくにしたがって、幻想もまた、「伝言ゲーム」の方法から自己が自己内部の暗部を掘り起こしていく形へと変化していった。ただしいずれの場合も共通しているのは、一人称の「私」が現実と異界との媒体として、常に重要な役割を果たしているという事実なのである。

「私」を主人公にした小説は、日常の事実を読者に報告していく小説である、という一般的な先入観がいかに誤ったものであるか、以上から明らかになったのではないかと思う。幻想は、常に現実との関係の中からしか浮かび上がっては来ない。近代小説の一人称は現実と非・現実との関係――いきさつ――に拘泥し、これを語り続けることによって、写実主義の信奉される世にして初めて可能な、豊穣な幻想の領域を切り開いていったのだった。

一人称の「私」には、無限の可能性に満ちた〝闇〟が潜んでいる。

第七章

「私たち」をつくる

―伝承のよそおい、『芋粥』の中の文壇―

誰が語るのか

これまで本書ではしばしば、小説の「語り手」、という言い方をしてきた。だが、考えてみれば奇妙な話ではある。われわれは通常、活字を通して小説を黙読しているわけで、音声として聞いているわけではない。暗黙のうちに文字を「声」に変換し、〝共に〟聞いている聴衆の一人として受け止めているわけである。

おそらくこの事実は、文学の起源が太古からの共同体の伝承――語り伝え――に発していることにもかかわっているのだろう。英雄伝説を始め、統治者はムラやクニを外敵から守った祖先を顕彰してみずからの権力を正当化し、構成員もまた、これを共通の信仰として語り伝えることによってみずからの結束をはかってきた。そもそもあらゆるアイデンティティは当初から実体としてあるのではなく、「語り伝え」という行為によってゼロから立ち上げられてきたものなのだ。

物語はその本来の属性として、伝承によって「私たち」をフィクショナルに立ち上げ、現実の読者をそこに囲い込んでいく使命を担っている。小説を読む時に文字を「声」に変換し、暗黙のうちに「語る―語られる」関係に身を置こうとするのは、共同の記憶を立ち上げてそこに身をゆだねたいという、われわれの内なる欲求に発しているのである。

だが、近代の活字文化において、小説は〝密室〟で享受される。それ以前の時代とは比べものにならぬほど多数の読者が、個別に文字を黙読するところに成り立っている。こうした中で、読んでいるのが自分一人ではなく「私たち」であり、その内容は今後も語り伝えられていく価値を有しているのだ、という共通認識――共同の幻想――をどのように形成していけばよいのだろうか。

個人主義、写実主義に重きが置かれる近代の世にあっては、多くの場合、小説で扱われるのは特定の英雄豪傑ではなく、むしろ平凡で名もない個人である。市井の人々の日常の生きざまを、写実的に〝ありのまま〟に描かなければならぬ、という制約の中で、共に享受している「私たち」をいかに構想していくか、というのは実はなかなか難しい問題なのだった。おそらく問われるべきは実際に伝承される価値を有しているかどうかということよりもむしろ、そのような〝よそおい〟や仕掛けをいかにつくり、読者を虚構世界にいざなっていくかという、言葉の正しい意味での技術の問題なのだろう。

実は小説には、小説の数だけ「私たち」――架空の共同体――がシグナルとして埋め込まれている。近代小説の歴史をこうした「私たち」のつくり方の歴史としてみた時、はたしてどのような風景が見えてくるだろうか。

「語りかける」という戦術

第三章で、近代小説の文体を「あなた」づくりの歴史として考えてみたことをふりかえってみよう。文章を書くコツの一つは、叙述の中に「あなた」をどのように想定するかにかかっており、特に日常会話を模した言文一致体の場合、「語りかけ」によって聞き手と共通の「場」を構築していこうとする志向が、文章の性格を大きく左右することになる。

たとえば先にも取り上げた宇野浩二の『蔵の中』は大変ユニークな小説だ。質入れした自分の着物が懐かしく、質屋に行ってそれを自身で虫干ししながら、着物にまつわる女たちの思い出を一つ一つ回想していくのである。「どうぞ、私の取り止めのない話を、皆さんの頭で程よく調節して、聞きわけして下さい。たのみます」などといった懇願や言い訳は、いかにもまわりくどい印象を与えるけれども、一見しどろもどろに見えるその饒舌は、実際には黙読しているはずの読者に対し、「話し―聞く」場を意識的に取り入れるための戦術と見るべきなのだろう。現実の読者は作中に用意された聞き手の役割を振り当てられ、知らず知らずのうちに「私たち」づくりに荷担させられてしまうのである。
思い返せば太宰治の『道化の華』にも次のような一節があった。

これは通俗小説でなからうか。ともすれば硬直したがる僕の神経に対しても、また、おそらくはおなじやうな諸君の神経に対しても、いささか毒消しの意義あれかし、と取りかかつた一齣《ひとこま》であつたが、どうやら、これは甘すぎた。僕の小説が古典になれば、――ああ、僕は気が狂つたのかしら、――諸君は、かへつて僕のこんな註釈を邪魔にするだらう。作家の思ひも及ばなかつたところにまで、勝手な推察をしてあげて、その傑作である所以《ゆえん》を大声で叫ぶだらう。ああ、死んだ大作家は仕合せだ。

どうやら「僕」は、「この小説」が遠い未来に「古典」として読み継がれることをひそかに期待し、そのような不遜《ふそん》な野望におののきつつも、同時にそれを「諸君」に打ち明けずにはいられないでいるらしい。むろん、この「僕」は作者太宰治を思わせつつも、それとは別の次元にいる仮の作者である。「諸君」もまた、現実の読者とイコールではない。「僕」が「諸君」を仮想し、そこに呼びかけていくことによって、架空のコミュニティ――共同体――が作中に生み出されていく。現実の読者はそこにわが身をなぞらえ、「この小説」が「通俗小説」などではなく、将来古典になるかもしれぬ可能性について、「僕」の過剰な自意識に寄り添いながら思いをめぐらしていくのである。

共同性のよそおい

ここで仮に、「私たち」を演出していくためのこうしたシグナルを〝共同性のよそおい〟と名づけてみることにしよう。それらは多くの場合、あまりにさりげなく作中に登場するのでついつい読み過ごしてしまいがちだが、実際にはそれがあって初めてわれわれは安心して虚構世界に身をゆだねることができるわけである。

こうした〝誘いかけ〟は、おそらく次の二つの側面から考えることができるだろう。一つは何を語り伝えるか、という「題材」に関する問題であり、もう一つは、内容をどのように伝えるか、という「語り方」にかかわる問題である。

まず、題材について。

すでに人口に膾炙《かいしゃ》した歴史上の事件や人物を素材にした場合、おそらくその時点で、読者はそこに何らかの形で「これまでそれを語り伝えて来た人々」の存在を予感することだろう。たとえば『羅生門』や『鼻』など、芥川龍之介がその初期作品で古典説話をくりかえし典拠にしていたこともこれにかかわっている。もちろん『今昔物語』や『宇治拾遺物語』の原話を実際に読んでいた読者は稀であったはずだが、典拠があるらしい、と了解された時点で、読み手はすでにそれをこれまでの伝承のバリエーションの一つとして了解することになる。『羅生門』も『鼻』も、実際に主題化されているのは現代人のエゴイズムや虚栄心にほかならないのだが、そこに普遍的なよそおいを与えるために、芥川はあえてそのような回りくどい手立てをとってみせたのである。

業平《なりひら》伝説にせよ、小町《こまち》伝説にせよ、それまで日本文学が培ってきた伝承の世界は、近代になって急速にその姿を消していった。敵討《かたきう》ちやお家騒動などを素材として引き受けたのはむしろ講談や大衆文芸なのであって、狭義の文壇文学は西洋のリアリズムの影響のもとに、日常の平凡な個人の生きざまへと、急速に描く対象の軸足を動かしていったのである。たとえば古典に依拠した芥川の作品に向けられた当時の文壇のまなざしは、今日からみると意外なほどに厳しいものが多い。しょせんは「つくりもの」にすぎぬ、あるいは実人生にまじめに向き合っていない、といった批判が目立つのだが、われわれはそこから逆に、近代小説に共同性を付与することがいかに困難な課題であったかをうかがうことができるのである。

「小説ができるまで」の物語

一般に小説においては、内容、題材面で「私たち」の存在――共同性――をよそおうことが困難な時、表現技法でそれを補うことになるという一般則がある。

ここで先の第二の問題に移るのだが、右にいう技法とは、語られる内容がすでに読者に共有されてきたことを錯覚させるためのレトリックを指している。たとえば「むかしむかしあるところに〜」という書き出しのもとにそれらしき話を付加すれば、たとえ内容が新奇なものであったとしても、読み手は漠然と、すでに語り伝えられてきた内容としてこれを受け止めることだろう。そもそも日本の文学は古来から、「むかし男ありけり」(『伊勢物語』)、「いづれの御時にか」(『源氏物語』)、「今は昔」「〜となむ語り伝へたるとや」(『今昔物語』)といった文頭、文末の定型表現によって、巧みに伝承世界を構築してきた歴史を持っているのである。

けれども近代小説の場合、これに代わる標識記号をつくることはなかなか困難なことなのだった。たとえば文体一つとっても、伝聞過去を示す文末詞「〜けり」が言文一致体の文末詞「〜た」に置き換えられた時点で、伝承を演出する重要なシグナルが一つ、失われてしまうことになる。少なくとも「かつて―そこに―あった」世界の客観的な再現をめざす「〜た」では、

「むかし男ありけり」に代表される説話的な世界を演出するのは至難の業《わざ》だったのだ。

こうした中で、近代の小説家たちはそれまでの語りの伝統を生かしつつ、言文一致体に共同性を付与するために独自の工夫を重ねていくことになる。ここでいま一度、本書第四章と第五章で、作中の「小説家」が「この小説」の作者として、小説自体のできていく経緯を語ることによって、舞台裏の情報を読者と共有しようとしてきた経緯を思い起こしてみることにしよう。

共に小説づくりに立ち会っている一体感、とでも言ったらよいのだろうか。舞台裏を共有することによって、読み手は一見個人的な、きわめて特殊な体験が普遍性を備えた「小説」に組み替えられていくプロセスに立ち会うことになる。その意味でもある一つの体験が書き手自身の中で煮詰められ、時を経て「この小説」に成り代わっていく経緯を示すやり方は、「小説」が単体としてみずからのいわれや成り立ちを発信し、これを伝承の根拠にしていく上できわめて有効な手立てでもあったわけである。

『濹東綺譚』の世界

たとえば永井荷風の代表作、『濹東綺譚《ぼくとうきだん》』(昭和一二年)を例に考えてみよう。

『濹東綺譚』は「わたくし」と、玉の井《たまのい》(東京都墨田区東向島《むこうじま》)の私娼のお雪が偶然出合い、淡い交情のうちに、失われゆく花柳界へのノスタルジアが浮かび上がってくる物語である。そしてこの場合、小説の独創は、「わたくし」が『濹東綺譚』の作者その人であり、お雪との出会いを機に、作中で「失踪」という小説を構想していく過程にかけられていたように思われる。

作中作「失踪」の主人公である種田は、老境にさしかかるしがない教師であり、家庭に絶望し、ふとしたきっかけで女給、すみ子と同棲を始めることになる。「濹東綺譚」のお雪と「失踪」のすみ子は共に身をひさぐ女ではあるけれども、すれきってはいない一本気な性格で、経験を元手にあらたな身の振り方を考えていく才気も持ち合わせている。だが、種田も「わたくし」も、その覇気《はき》に応えるにはあまりに浮き世のしがらみに疲れ、あるいはまた人情の機微に通じすぎていた。結果的に「わたくし」はみずからお雪のもとを去り、作中作「失踪」もまた未完のまま放擲《ほうてき》されてしまう。こうした作中作の挫折を通し、読者は作者が何を描こうとし、何を描くことができなかったのかを逆説的に知ることになるのである。

おそらく今日の読者が『濹東綺譚』から受け取るのは、「濹東(隅田川の東)」の地に昭和になってもなお息づいている古き良き江戸の面影であろう。しかし舞台になった玉の井が私娼窟として繁栄を極めるのは実は関東大震災以降のことであり、少なくとも大正半ばまでは、隅田川の東に忘れ去られていた沼地に過ぎぬのだった。作中ではお雪との出会いが為永春水《ためながしゅんすい》の人情本の一節になぞらえられていたりするので、読者はついつい江戸情緒の漂う、遊郭の男女のやりとりを連想してしまうのだが、一方で現実の玉の井の女たちの中で「島田や丸髷《まるまげ》に結《ゆ》つてゐるものは、十人に一人くらゐ」であり、「大体は女給まがひの日本風と、ダンサア好みの洋装」であることもまた、作中にさりげなく示されていたのである。

『濹東綺譚』本編の後にはさらに「作後贅言《ぜいげん》」と題する後日談が付け加えられている。いわば小説の〝楽屋話〟になっているわけだが、それによれば、以前銀座の街角で話したことのある娘と玉の井で偶然再会し、彼女が島田髷で三味線を携えた姿に〝変身〟しているのに感興を覚えたのが執筆のきっかけだったのだという。「作後贅言」にはカフェーの繁栄、マルクスの流行、五・一五事件など、舞台がまさに当代の世――昭和ヒトケタ――にほかならぬという事実が示されている。モダニズムの世に、実際にはどこにもありはしない江戸情緒を追い求め、これを「小説」にしようと試みるということ。それがしょせんは見果てぬ夢にすぎぬことは「わたくし」とお雪との別離、作中作「失踪」の破綻を通しておのずと明らかになるのだが、夢は、その不可能の自覚を通してかえって濃密に姿を現すことになるだろう。あえて〝舞台裏〟を示すこうした手法は、震災を機に一変してしまった大都市東京に、古き良き江戸の幻影を喚起していくための巧妙な手立てなのだった。〝楽屋裏〟に立ち会うことによって、共同幻想に生きる「私たち」の記憶があらためて読者の中に立ち上がっていくことになるだろう。個人主義や写実主義によっては描き得ぬ世界を、「小説の書けない小説家」を通して間接的に浮き彫りにしていくこうした手法にこそ、あるいは近代小説における「私たち」づくりの大きな可能性が秘められていたかもしれないのである。

「ひとりごと」で「私たち」を語る

もう一例、志賀直哉の『城《き》の崎にて』からこの問題を考えてみたい。

この小説は主人公が城崎温泉で保養中、身近な小動物から感じ取った死生観を静謐《せいひつ》な味わいをもって描いた名作として親しまれている。主人公は事故で瀕死の重傷を負い、一応回復はするものの、医者からは脊椎《せきつい》カリエスになる可能性があり、なお二、三年の猶予が必要であると言われていた。こうした執行猶予期間《モラトリアム》に身を置いてみると、温泉療養中に目にとまるさりげない風景もまた、おのずと別の意味をもって映じてくることになる。

仲間たちに置き去りにされ、寂しく死んでいく一匹の蜂、首に串を刺し通されながらもなおかつ助かろうとしてあがく鼠、何気なく放った石に当たって死んでしまった蠑螈《いもり》……。これらに接する中で主人公が最終的に到達したのは、「生きて居《い》る事と死んで了《しま》つてゐる事と、それは両極ではなかつた。それ程に差はないやうな気がした」という、ある種老荘思想にも通じるような死生観なのだった。

かつてある留学生にこの小説を薦《すす》めてみたところ、興味深く読んだけれども、これは「小説」ではなくてエッセイなのではないか？という質問を受けたことがある。決してそのようなことはない、『城の崎にて』は発表当時から理想的な「小説」として高く評価されてきたのだ、と、とりあえずは答えてみたものの、実はエッセイではないという理由をうまく説明できず、その時の歯がゆさが「小説」における共同性について考えるきっかけにもなったのだった。

エッセイと「小説」とを区別するポイントは、やはりこの場合も「自分」が小説家であり、『城の崎にて』のできあがるプロセスが並行して示されている、という設定にかかっているように思われる。直接の題材は三週間の城崎温泉での保養期間なのだが、実際にはそれを挟《はさ》むより大きな時間の射程が示されており、過去、事故に遭《あ》った経緯と、さらに保養から帰ったのちの時間、つまり「それから、もう三年以上になる。自分は脊椎カリエスになるだけは助かった」という執筆の現在までもが含まれている。特に右の「なるだけは」という文言には、結果的に助かったけれども、実は人生それ自体、この三年間のモラトリアムとはたしてどこが違うのか、という「現在」の認識がぬり込められている。温泉保養の挿話の背後には、一人の小説家が数年間かけて死生観を変容させていくプロセスが、いわば「もう一つの物語」として示されているわけである。参考までに、第五章に取り上げた『和解』が、やはり同じように〝和解〟を小説家として言葉にしていくプロセスを問題にしていた事実を思い起こしてみてもよいだろう。日常の個人を扱った「ひとりごと」文体においても、このように「小説ができるまでの物語」を併走させる企ては実にしばしば試みられていたわけで、その背後には読者を共に小説にまつわる伝承世界に誘い込もうとする、したたかな戦術が秘められていたのである。

作品外の〝事実〟

しかしそうは言っても、個人の事情はしょせんは個人の事情だ。名もない個人のエピソードに、それが伝承に値するものであり、今後も読み継がれていくであろうという予感を読み手に与えていくためには、なお多くの工夫が必要とされることだろう。先に初期の芥川の作風と、それに向けられた同時代の厳しいまなざしを紹介したが、明治末から大正期にかけて、「小説」はこの点をめぐってさまざまな試行錯誤を繰り広げていたのである。

その際、ここで〝共同性のよそおい〟に関するいま一つの法則をあげておく必要があるだろう。

小説それ自体の技術的限界――「私たち」をよそおう強度の不足――は、テクストに対するコンテクスト(あらかじめ読者に共有されている作品外の事実)によって補われる、という一般則がそれである。

たとえば『城の崎にて』の中には次のような記述がさりげなく埋め込まれていた。

自分はその静かさ(注―働き蜂に死の静謐が訪れたこと)に親しみを感じた。自分は「范《はん》の犯罪」といふ短篇小説をその少し前に書いた。范といふ支那人が過去の出来事だつた結婚前の妻と自分の友達だつた男との関係に対する嫉妬《しっと》から、そして自身の生理的圧迫もそれを助長し、その妻を殺す事を書いた。それは范の気持を主《しゅ》にして書いたが、然《しか》し今は范の妻の気持を主にし、仕舞《しまい》に殺されて墓の下にゐる、その静かさを自分は書きたいと思つた。「殺されたる范の妻」を書かうと思つた。それはたうとう書かなかつたが、自分にはそんな要求が起つてゐた。其《その》前からかかつてゐる長篇の主人公の考とは、それは大変異《ちが》つて了《しま》つた気持だつたので弱つた。

『范《はん》の犯罪』は大正二年に発表された志賀の実作であり、熱心な読者ならば、この一節に小説家志賀直哉の創作の軌跡を重ね合わせて読んだことだろう。ちなみに『范の犯罪』ではたとえば次のような死生観が語られていた。

其時《そのとき》は其時だ。其時に起ることは其時にどうにでも破つて了《しま》へばいいのだ。破つても、破つても、破り切れないかも知れない。然《しか》し死ぬまで破らうとすればそれが俺の本統《ほんとう》の生活といふものになるのだ。

デビュー当時の志賀が追求した「自我」の輪郭が鮮烈に浮き上がる一節である。それにしても『城の崎にて』に描かれる静謐な「死」への親しみとは、なんと大きなへだたりのあることか。

自我の争闘から自然との一体感へ。旧作の紹介、という形をとることによって、作中のさまざまなエピソードは、人格を陶冶《とうや》し、解脱《げだつ》の境地に至る「志賀直哉物語」をあらたに発信し始めることになる。そもそも思いかえしてみれば第五章に取り上げた『和解』の場合も、小説家として「自分」がスランプに陥り、創作を再開することによって徐々に復活していく経緯が述べられていた。そこには雑誌「白樺」という固有名詞も出てくるし、盟友、武者小路実篤を思わせる「M」という友人が重要な役割を果たしていたりもする。「M」の評価してくれた小説がスランプを脱するきっかけになったというのだが、その短編が実は『城の崎にて』であるらしいことも、察しのつく読者にはわかるように書かれていたのである。ここに至って小説は相互に引用、言及されることにより、単体としてではなく、「小説家として人格的に成長を続けていく志賀直哉」という、より大きな物語に回収されていくことになるのである。

近代小説における「作者」

あるいはこれは〝禁じ手〟なのではないか、と思われる読者もいるかもしれない。主人公が作者その人であることを匂わせ、「何しろあの小説家○○が自らの転機を語っているのだ」という事実を普遍性や伝承性の根拠にしてしまうということ——それはある意味では安易な、危険な誘惑の魔の手でもある。この〝禁じ手〟を使えば、取るに足らぬ身辺雑記でも容易に「小説」に仕立てることが可能になってしまうからである。その背後には「作者」の名を借りた権威主義があって、純粋に小説それ自体の価値を読み解くことが本道だとすれば、こうしたあり方は明らかに〝邪道〟なのではあるまいか？

おそらくこうした疑問には、近代小説における「作者」とはなにか、という根本的な問題が潜んでいるように思われる。

ここで小説の中に「私」が潜在し、それが時に隠れ、姿を現しながら独自のパフォーマンスを繰り広げている、という本書の基本的な問題意識に立ち返ってみることにしよう。「私」は時に「この小説」の「作者」を演じるが、それはあくまでも背後にいる作家とは別物である。読者との共通の〝場〟をつくるために――「私たち」を意図的に立ち上げていくために――小説の〝楽屋裏〟を伝達してくれる「私」なのである。この「私」は目的の成就のためには時に悪魔にさえ身を売り渡すイタズラ者だ。どのような〝禁じ手〟を使ってでも読み手を仲間に引き入れるための努力は惜しまない。時に小説家「志賀直哉」とはどのような「小説家」なのかという情報を読者に提供し、それを利用して主人公に伝承性を付与しようとすらするのである。

ここで確認しておく必要があると思うのは、『和解』も『城の崎にて』も、たとえ「志賀直哉」に関する予備知識をすべて除外したとしても、小説単体として「小説ができるまでの物語」をしっかり発信しているという事実であろう。こうした発信力を持っている小説と、「志賀直哉」に関する知識だけによりかかってしまっている小説との差異はある意味では決定的だ。前者は後世にまで読み継がれていくだろうし、後者は作者の情報が流通している期間だけがそのまま〝賞味期限〟になってしまうことだろう。重要なのは小説が現実の作者とは別の、虚構の「作者」像を提起していく発信力をどの程度持ち合わせているかを見極めていく視点なのではあるまいか。そしてそれは同時にまた、パフォーマーとしての「私」が持っている虚構としての強度を確認していくことでもある。それを抜きに作品外の情報に寄りかかっていることをもって裁断してしまったのでは、単なる魔女狩りに終わってしまうことだろう。

近代文学をめぐる「作者」のとらえ方は、作中の「私」に現実の作者をそのまま重ねてしまう素朴な読解のあり方と、表現の自律性を重視する研究上の立場とが分裂してしまって来た点に問題があったように思われる。重要なのは作中の「私」が読み手を囲い込むためにどのような「作者」像を提案し、あらたに発信しようとしているのか、またそれらの相互作用によってどのような伝承形態ができあがっていくのか、を考えていく視点なのである。

演じられた「作者」

たとえばドラマの俳優を見ている時、われわれが感情移入しているのは物語世界の主人公なのだろうか、それとも演技している俳優個人のキャラクターなのだろうか。おそらく答は常にその中間にあるのであって、われわれは両者を無意識のうちに重ね合わせながらドラマを楽しんでいる。物語の世界に浸りきると同時に、心のどこかで、その俳優がいかに役柄をふるまっているかを鑑賞し、楽しんでいるのである。「あの俳優も離婚してから演技がうまくなったね……」などと時に下世話(?)な関心でドラマを見たりするのも、実は物語を背後で成り立たせている「もう一つの物語」への関心ゆえなのだ。

ここにいう俳優を演じられた「作者」、ドラマの主人公を作中人物に置き換えてみると、これはまさに「小説」の問題でもある。そもそもテレビのスイッチをオンにする(書店に小説を買いにいく)のは自分の好きな俳優が主演している(自分の好きな作家が新作を発表した)からなのであって、これを一概に不純な動機として切り捨てることはできまい。個別に黙読している不特定多数の読者を相手にした時、「あの芥川」「あの漱石」が書いた小説である、という〝神話づくり〟は、実は近代商業資本下の読書形態として、ある意味では必然的な選択でもあったのだった。

あるいは商品において「ブランド」がどのように立ち上がるのかを考えてみてもよいだろう。大衆消費社会においては、均一化された商品の間にいかに個別的な差異を生み出し、付加価値を創出するかが重要なポイントとなる。その際に商品開発にまつわる苦難の物語、創業者の特異な個性などの「いわれ」やいきさつは、伝説として大きな役割を果たすことになるだろう。小説においてもまた、その小説がどのような経緯で書かれたのか、作者はいかなる人物であったのか、といったメタ・レベルの情報が、共同性を保証するための大切な手立ての一つにされてきたのである。

おそらくその際に重要なのは、これらが現実の作者とは別に、作品を創るために意図的に演じられ、創り出された「作者」像であった、という事実であろう。たとえば第一章に述べたように、太宰治に関していえば、自殺未遂をくりかえし、薬物中毒に苦しみながらも自身の弱さから目をそむけず、既成のあらゆる権威に戦いを挑み続けた無頼派作家、というイメージは、実は小説を書くために、あるいは小説を受け取るために、つくり手と受け手とが共につくり上げた伝承世界でもあったのだった。作者はこうしたシグナルを巧みに小説に埋め込むことによって「太宰神話」を発信し、それを背景にさらにあらたな作品を書き継いでいくことが可能になるわけである。

われわれは小説を読む時、ともすれば現実の作者を偶像化してしまいがちだ。たとえば川端康成が孤児として育ったこと、谷崎潤一郎が関西に移住してその文化の影響を受けたこと、太宰治が青森県下有数の大地主の家に生まれたこと……。こうした個々の事実は伝記的な事実としてむろん重要な意味を持っているが、仮にそれを前提に作品を説明したとしても、おそらくは環境決定論に終始してしまうか、作者をめぐる〝神話〟の再生産に荷担するだけで終わってしまうことだろう。重要なのは作者の「事実」を作品外に特定することなのではなく、それが小説を「小説」たらしめる情報として内部からどのように発信され、テクストのウチとソトをつなぐコミュニティを立ち上げてきたのか、という経緯を明らかにしていく発想なのである。

小説の中の「文壇」

ひるがえってみるに、「文壇」という言葉からわれわれが通常連想するのは、実体としての文学者の集合である。けれどもここで発想を変え、この概念を、小説が「小説」として成り立つために表現内部に仕掛けられたコミュニティとして捉えてみてはどうだろうか。極論すれば、小説の数だけそれに見合った「文壇」が内在しており、先の「志賀直哉」の創作活動を連想させる一節もまた、まさにそのシグナルとして組み込まれたものなのではなかったか。

たとえば芥川龍之介の『芋粥』(大正五年)の冒頭部分をあげてみることにしよう。

元慶《げんけい》の末か、仁和《にんな》の始にあつた話であらう。どちらにしても時代はさして、この話に大事な役を、勤めてゐない。読者は唯、平安朝と云ふ、遠い昔が背景になつてゐると云ふ事を、知つてさへゐてくれれば、よいのである。(略)生憎《あいにく》旧記には、それ(注―主人公の正確な姓名）が伝はつてゐない。恐らくは、実際、伝はる資格がない程、平凡な男だつたのであらう。一体旧記の著者などと云ふ者は、平凡な人間や話に、余り興味を持たなかつたらしい。この点で、彼等と、日本の自然派の作家とは、大分ちがふ。

この語り手は読者に対し、自ら小説の書き手であることを顕示し、同時代の「日本の自然派の作家」に対する皮肉な当てこすりを表白してみせている。読者は冒頭のこの一節から、反自然主義の若手として鮮烈なデビューを果たした「芥川龍之介」の〝ふるまい〟を感受することだろう。それはいわば、現実の文壇状勢とも生身の芥川龍之介とも性格を異にする第三の演技空間にほかならない。共同の伝承世界を構成するために、作者と読者の間に立ち上げられていくこうしたフィクショナルな〝場〟こそが、この場合の共同性の根拠になっているのである。近代の小説の多くには程度の差こそあれ、この種の暗黙のシグナルが埋め込まれており、それらが有効に働くように、作中の「小説家」たちが一個の固有名詞として、さまざまな演技を繰り広げてきた歴史があったわけである。

近代小説の黄金期

ここで多少文学史的な見取り図を整理しておくと、武者小路実篤や志賀直哉は、自我や個性の主張を前面に、明治の末期に白樺派としてさっそうと文壇に登場したのだった。無理想、無解決、無条件を標榜《ひょうぼう》する自然主義は、人生の悲惨な側面、人間の情動的、本能的な傾向を赤裸々に描く傾向があったので、これに反発した若者たちがこの時期、一斉に反自然主義ののろしをあげたのである。慶應大学の「三田文学」を拠点とする永井荷風、谷崎潤一郎らの耽美派、東京帝大の同人誌「新思潮」を拠点にした芥川龍之介、菊池寛らの新技巧派などがそれで、明治末から大正半ばまでのこの状況は、文壇が右の四つの流派(自然主義、耽美派、白樺派、新技巧派)によってきれいに色分けできる希有な時期でもあったわけである。

ここで興味深いのは、文壇がこのように明確な書き割りに基づいていた十数年(明治四十年代〜大正半ば)が、同時に近代を代表する名作のかなりの部分が発表された黄金期でもあったという事実だろう。思うにこれは、決して単なる偶然ではない。明快に演じられる役割を小説の中に想定できたからこそ、彼らは不特定多数の読者を相手に小説を書くことができたのである。

たとえば芥川はこの時期、『大正八年度の文藝界』(大正八年)という時評を書いており、そこには先の流派の対立がきわめて的確に、すでに今日の見方にかなり近い形に整理されている。

芥川の状況把握能力にあらためて驚かされるのだが、実はこれも話が逆なのであって、こうした整理は、彼らが小説を書くために自分たちで作ったものだったのではあるまいか。彼らは文壇デビューにまつわる身近な人間関係をすすんで題材にすることによって互いの「起源づくり」をし、それを巧みに小説づくりに活用していった。「自然主義」「耽美派」「白樺派」「新技巧派」といった文壇流派の区画は、実は彼らが小説を書くために意図的につくった役柄にほかならなかったのである。

冒頭の言をくりかえすなら、物語はその本来の属性として、伝承という行為によって「私たち」をフィクショナルに立ち上げ、現実の読者をそこに囲い込んでいく使命を担っている。小説を読む時、暗黙のうちに「語る—語られる」関係に身を置こうとするのは、そこに共同の記憶を立ち上げ、身をゆだねたいという、われわれの内なる欲求が潜在しているからにほかならない。この希求に答えるために、近代小説もまた、小説の数だけ「私たち」——架空の共同体——をシグナルとして埋め込んでいく努力を惜しまなかった。時にその典拠や素材を通して、時に表現形態を通して、さらには虚構の「作者」を演じてみせることによって、みずからが「小説」であることを主張し続けてきたのである。

作中の「小説家」は、小説の成り立ちを単体として物語化していく内部機構の側面と、小説のソトの事実に反応して、巧みに読者に共同性を提起していく二つの側面を持っている。それはいわば車の両輪なのであって、伝承なき近代の世に仮想の共同体を提起していくために編み出された、ある意味では必然的な方法でもあった。安易に作者の「事実」にもたれかかり、身辺雑記に流れてしまう小説も多かった中で、少なくとも『濹東綺譚』や『城の崎にて』を見ればわかるように、真に〝伝承〟に値する小説は、読者との共生感、一体感を演出することにみごとに成功している。こうした虚構としての〝呼びかけ〟の強度を個々に見極めてみることによって、小説を読む楽しみもまた、大きく広がっていくにちがいない。

第八章

「作者」を演じる

―「私小説」とは何か―

「私小説」をめぐる議論

作者の実体験を描いた小説を「私《わたくし》小説」という。そしてこれまで展開してきた議論は、歴史的に「私小説」と呼ばれてきた小説群とも大きなかかわりを持っている。けれども本書ではこの言葉を用いることをこれまで努めて避けてきた。潜在する「私」が表現領域として持っている可能性と、歴史的に「私小説」をめぐってかわされてきた議論との間には大きな開きがあり、両者が素朴に混同されてしまう事態を避けたいと思ったからである。しかし一方で「私小説」をめぐる論議は、それ自体が近代小説そのものの歴史であることも確かなので、最後に「私小説」をめぐるこれまでの偏見の構造を明らかにすることによって、全体のまとめに代えたいと思う。

たとえば「私」を主人公にし、作者の実生活を題材にした小説には創造性がない、といった批判を聞くたびに、私(筆者)は「またか……」とげんなりしてしまう。実際問題として、実体験であることに安易によりかかった小説は多いと思うし、そうした小説の弁護をするつもりはさらさらない。ただ私が一番怖れるのは、こうした批判によって、演技する「私」の切り開く表現領域――その豊かな可能性――までもが見過ごされてしまうという事態である。たとえば牧野信一の作品を見ればわかるように、実生活を題材にして夢や幻想世界に羽ばたいていくプロセスを示せる点にこそ「私」が「私」を書くことの特色があったはずだし(第六章)、そもそも叙述に潜在する「私」を隠したり顕在化させる操作は小説づくりの基本であり(第二章)、三人称だから客観的な物語で、一人称だから事実の報告だ、という単純なものではない。一人称にはさまざまな機能があるわけで、事実の「告白」というのはあくまでもそのよそおいのうちの一つに過ぎないのである(第四章)。また、「私」に応答する「あなた」をどのように構想していくかは小説文体を決定する重要なファクターであり(第三章)、そこから「私」と「あなた」を含めた「私たち」をいかに構想するか――物語が本来持っている共同性を近代小説にどのように持ち込むか――という課題が派生してくることになる(第七章)。「この小説」を書いている「私」が主人公であるケースが多いのは、「私」の「見え方」、「つくり方」をメタ・レベルに表現することによって独自の遠近法をつくることができるからなのであって(第五章)、決して実生活の「告白」だけを目的にしているわけではないのだ。

「私小説」を単純な悪役にしてしまう議論は、あたかも魔女裁判のように、これらの可能性を一様に覆い隠してしまう可能性があるのである。

「私小説」の発生

「私小説」の起源は田山花袋の『蒲団』(明治四〇年)にさかのぼると言われるが、実はこれは正確ではない。あくまでも今日から考えてみれば、という解釈なのであって、当時はまだ「私小説」という言葉自体が存在していなかった。これが用語として固まってくるのはさらに十数年を経た、大正九年以降のことである。たとえば自然主義の中堅作家として知られていた近松秋江《しゅうこう》は、「私は小説」(冒頭が「私は〜」で始まる小説の意)という語を最初に皮肉な意味で用いたのは自分ではなかったか、とふりかえった上で、こうした「稚境《ちきょう》(つたない段階)」を乗り越えていくことの必要を説いており(『箱根から』大正九年)、この語にはその当初から、「私」を主人公にしなければ小説が書けぬことへの反省や自嘲が含まれていたことがわかるのである。

「私小説」をめぐる議論が初めて本格的になるのは関東大震災後の「心境小説」をめぐる論争以降のことだった。たとえば中村武羅夫《むらお》(雑誌「新潮」の主幹として大きな力を持っていた)は『本格小説と心境小説と』(大正一三年)という文章の中で、トルストイの『アンナ・カレーニナ』のような客観的な三人称小説を「本格小説」と呼び、「私小説」をより下位のものとして位置づけている。西欧一九世紀の写実主義小説と対比して「私小説」を批判していくという、その後の永い議論のスタートである。

これに対して久米正雄(芥川の盟友としても知られる)は『「私」小説と「心境」小説』(大正一四年)という評論の中で、「散文芸術に於いては「私小説」が、明《あきらか》に芸術の本道であり、基礎であり、真髄であらねばならない」と反論したのだった。「私」を他人(作中人物)に仮託した瞬間に信用がおけなくなる、とし、あえて「トルストイの「戦争と平和」も、ドストイエフスキイの「罪と罰」もフローベルの「ボヷリイ夫人」も、高級は高級だが、結局、偉大なる通俗小説に過ぎない」とまで断言してみせたのである。

一見、中村と久米の議論は「私小説」の評価をめぐって真っ向から対立しているようにみえる。けれども中村は一方で志賀直哉をはじめとする「心境小説」を評価していたし、久米もまた、「私小説」をより純化し、「心境小説」にまで煮詰めていくことこそが重要なのだと述べていた。安易な実生活の報告、つまり「単なる私小説」であってはならない、という論旨において、実は両者は奇妙に一致していたのである。

それからさらに時を経た昭和一〇年、小林秀雄の歴史的な『私小説論』(昭和一〇年)が登場する。小林はその中で、西洋近代文学の伝統と比較する形で、あらためて日本の「私小説」の歴史的な功罪を論じ、その克服の必要を説いたのだった。

小林はルソーの『告白』(一七七〇年)以来、西洋近代文学の根幹をなしている社会と個人との対立が日本の「私小説」には見られない点を問題にしている。その際に比較されるのはフランスの自然主義を代表するフローベルで、彼はロマン主義的な自己主張に絶望し、名作『ボヴァリー夫人』(一八五七年)に、いわば人物典型としての自己を仮託したのだった。これに対し、田山花袋らは自然主義を単なる技法としてのみ受け止めてしまい、自己を正直に告白することが自然主義の実践になると考えて『蒲団』を書いた。西洋においては精神的な近代はロマン主義に始まり、その反動として、科学的実証精神に基づく自然主義が台頭するのだが、日本ではロマン主義が充分に発達せぬまま自然主義が移入されてしまったために、本来ロマン主義の特色であるはずの「告白」という概念が、自然主義の先駆けである『蒲団』で実践されてしまう。こうした転倒が、いびつな近代の象徴として「私小説」を生み出した、というのである。

近代主義の落とし穴

この小林秀雄の議論はその後に大きな影響を与え、戦後、中村光夫が『風俗小説論』(昭和二五年)でより詳細にこの問題を論じている。伊藤整《せい》の『小説の方法』(昭和二三年)、平野謙《けん》の『芸術と実生活』(昭和三三年)をはじめ、戦後の名だたる「私小説」論議は、そのいずれもが、何らかの形で小林秀雄の影響を受けていると考えてよいだろう。

たとえば伊藤整によれば、西洋では小説家の社会的地位が高かったために、人間の本質的な「悪」を描く際に「仮面」をよそおわねばならず、そこからフィクションの伝統が発達したのだという。しかし日本では「文壇ギルド」が形成され、狭い限られた世界ではいかなる告白も許されてしまうために、「私小説」が特殊な発達を遂げることになったというのである。

一方平野謙は「私小説」を「自己破滅型」と「自己調和型」とに分類し、前者は実生活者として、また後者は小説家として、実生活を題材にするかぎり、いずれは「死」に行き着かざるを得なくなる自家撞着を論じている。それぞれ「伊藤理論」「平野公式」という〝あだ名〟がつくまでになり、今日「私小説」を論じる際にまず踏まえなければならぬ基本的な見解にもなっている。ただし一方でこれらの議論、特に中村と伊藤の説にはそのどこかで、西欧を鏡に日本の〝いびつな近代〟を撃つという、それ自体、きわめて近代主義的な発想が流れていたのではないだろうか。

おそらく近代という時代は、「近代とは何か」を常に自己批判することにおいて「近代」たりうるという、宿命的なパラドックスを抱え込んでいる。おそらくほかのどの時代にあっても、「近代」ほどみずからの定義にこだわり、その欠陥が情熱的に語られた時代もなかったのではないだろうか。特に日本の場合、理念としての「西欧」がまず掲げられ、次にそれにそぐわぬ前近代的な遺物が想定され、それを手立てにあるべきはずであった「近代」が説かれるという道筋において、「私小説」をめぐる一連の論議は、実はそれ自体がすぐれて日本的「近代」の産物にほかならなかったのである。実体が明確にされぬまま、各人の理想の文学観を説くための手立てに利用されてきた、という点において、それはまさに魔法の杖のような存在だったのかもしれない。「単なる私小説」などという〝敵役〟は、実際にはどこにも存在しないものだったかもしれないのである。

「私小説」見直しの機運

一九八〇年代にこうした「近代主義」への反省や見直しが一斉に進み、「私小説」をフィクションとしてあらためて捉え直す動きが出てくることになる。海外の日本文学研究者からもこうした問題提起がなされ（たとえばEdward Fowler, *The Rhetoric of Confession: Shishōsetsu in Early Twentieth- Century Japanese Fiction,* 1988 など）、また柄谷行人が『日本近代文学の起源』（一九八〇年）において、内面を「告白」するのではなく、「告白」という制度によってこそ「内面」が形作られてきたのだ、という〝転倒〟を指摘したのもこの時期のことだった。「私小説」

の虚構性にあらためて注目する、という点からも、これらはいずれも着眼点として至極まっとうなものであったと言えるだろう。

一方でこの時期、ロラン・バルトのテクスト論が広範な論議を呼び、「作者」を神話化してしまうあり方へのラディカルな批判が展開されていた。それらは読解の〝解答〟を小説にではなく、作者のコメントや実生活の事実に求めてしまう錯誤を正した点で重要な意味を持っていたが、それでは作者にまつわる情報を排除した上で、なおかつ歴史的に「私小説」と呼ばれてきた一連のテクストをいかに分析するか、という具体論については、課題がそのまま先送りされてしまった感のあることは否めない。現実に日本の近代小説には作者の実生活を素材にしたものが多い以上、描かれる題材に目をつぶって表現の形態分析だけに検討を限ってしまうならば、成果もまた限られてしまうことだろう。だからと言ってひとたび伝記的事実との照合を開始してしまった瞬間、「小説の記述とは違い、事実は……」という形の、いわば〝真実〟探しに関心が傾斜しかねないあやうさがある。

「事実である」ことと「ない」こと

いささか唐突な比喩だが、ここで小説の中の人物と作者との関係を、石膏像づくりを例に考えてみることにしよう。石膏で像をつくる時、まず最初に粘土で塑像をつくる。次に石膏を上塗りし、中の粘土を抜き取る。いくつか方法があるのだが、別の石膏を内部の空洞に流し込み、最後に外側の石膏を剝《は》いだとしてみよう。結果として、実物ではないのに、実物以上に実物を思わせる、いわばフィクションとしての像が立ち現れることになる。

ここで、もとの粘土を現実の作者、外塗りされた石膏をそれを取り巻いていた状況に置き換えてみたらどうだろう。結果として残される石膏の像は、双方の影響を色濃く残しながらも、結局はそのどちらでもないフィクションだ。石膏の姿形は元の人物を連想させるが、実体(粘土の像)そのものではない。同時にそれを取り巻く状況は、取り払われたあとも小説の成り立ちに深くかかわっている。問われるべきは、もとの粘土でも外枠の石膏でもなく、最終的な像《フィクション》が「実物」として一人歩きを始め、実物で「ある」ことと「ない」ことを共に実現している不可思議に目を凝らしてみることなのではないだろうか。

ここで注意しなければならないのは、「私小説」が常に「事実である」というメッセージと、「事実ではない」というメッセージを同時に発信しているということだ。「事実」の「報告」を前提に出発するからこそ、逆に作者は「いかにも事実に見えるウソ」を表現することができるわけで、そもそも虚構とは、こうしたダブルバインド(二重拘束状況)を仕掛けていく技術の謂《いい》にほかならない。「私小説」の虚構性を問題にするためには、こうした仕掛けそのものを読み解いていく視点が不可欠なわけで、その意味でも「私小説」の「私」とは、あくまでもよそおわれ、演じられた「私」なのである。そしてこの作中に潜在する「私」の演技性、という観点こそが、これまでの議論にもっとも欠けていたものだったように思われてならないのである。

「私小説」の定義

ここであらためて、「私小説」の定義について考えてみることにしよう。

たとえば語り手が「私」であることが条件なのかと言えば、「太郎」や「花子」、あるいは「彼」「彼女」が主語である「私小説」の例はいくらでもある。それでは作者の実体験が素材になっていることが条件かと言えば、これもその基準を明確にすることはきわめて難しい。たとえば夏目漱石の『三四郎』は作者が熊本に赴任した事実や帝大に在学していた体験が踏まえられているはずだが、これを「私小説」に分類する読者はまずいないだろう。一方で太宰治の『人間失格』は、作者の体験にかなり変更が加えられているが、多くの読者は主人公に太宰その人を重ね合わせて読むにちがいない。両者の間にはかぎりなく中間に近い形があり、そこに厳密な線引きをすることは難しい。ひとたび「実体験が踏まえられている」という定義を持ち出すかぎり、極端に言えばドストエフスキーの『罪と罰』ですら作者のシベリア流刑体験がどこかに生かされているはずで、いくらでもその範囲は広がってしまうのだ。

ドイツの日本文学研究者であるキルシュネライトは、かつてこうした事実を問題にし、定義不可能な概念が日本文学の重要なジャンルとしてまかり通ってきた不可思議を批判してみせた（邦訳『私小説――自己暴露の儀式』一九九二年）。たしかにある一つの小説を前にした時、それが「私小説」であるか否かを判定する基準がないということ、にもかかわらずわれわれがこのタームを批判的に使い続けてきたという事実は、はなはだ不可解な事態ではある。

こうした流れを受け、近年の研究では「私小説」というのはそもそもジャンルなのではなく、モード（読書慣習）であったのではないか、と考えられるようになってきている。つまり「私小説」なるものがあるのではなく、主人公に作者その人を重ね合わせて読もうとする読者の慣習（モード）こそが「私小説」をつくっていくのだ、という発想である。その結果、鈴木登美《とみ》『語られた自己　日本近代の私小説言説』（邦訳、二〇〇〇年）をはじめ、一九九〇年代以降、主人公に作者その人を重ねて読もうとする読み手の慣習の研究が大きく進むことになった。それはまた、この時期以降、作品を同時代の社会や文化の表象として捉えていくカルチュラル・スタディーズ（文化研究）の全盛期を迎えたこととも深く関係していたのである。

こうした動向は「私小説」をめぐる歴史的な状況（読みの慣習）を明らかにしていく上で大きな意義を持っていたが、その一方で、もしも文化的な制度の問題としてのみこれを捉えてしまうのであるとするなら、先に述べた虚構それ自体の仕組み――「私」の持つ演技性――は、やはり見えなくなってしまうのではないだろうか。「私小説」をめぐる問題は、作家論（書いた作者はどのような人物であったのか）だけでは解決できないし、表現論的視点（純粋に言語の構築物として作品を検討する立場）だけでも解決できないし、また文化論的視点（社会的歴史的な表象として小説を捉える立場）だけでも解決できない。あえて言えばそれらのすべてを視野に入れた上で、作者と読者がそこでどのような綱引きを演じていたのかを、表現に潜在する「私」の演技性、という観点から明らかにしていく〝複眼〟が不可欠なのである。

「事実」を攪乱する戦術

ここで、みずからを「私小説」と規定したおそらく最初の小説と言われている、宇野浩二の『甘き世の話――新浦島太郎物語』（大正九年）の一節をあげてみることにしよう。

近頃の日本の小説界の一部には不思議な現象があることを賢明な諸君は知つて居らるゝで

あらう。それは無暗《むやみ》に「私」といふ訳の分らない人物が出て来て（略）気を附けて見ると、どうやらその小説を作つた作者自身が即ちその「私」らしいのである。（略）だから「私」の職業は小説家なのである。そして「私」と書いたら小説の署名人を指すことになるのである、といふ不思議な現象を読者も作者も少しも怪しまない。小説家を主人公に使ふことも、「私」を主人公にすることも、悉《ことごと》く少しも排斥すべき事柄ではないが、その為に小説の主人公の「私」は皆作者その人のことであつて、従つてその小説は悉く実際の出来事のやうに読者がいつとなく考へるやうになつた事は嘆《なげ》かはしい次第である。（十八）

このように「私小説」がその第一歩から、作者と主人公が同一視されることをみずから慨嘆してみせるところに出発していたという事実は重要であろう。もしも本当に「嘆かはしい」事態であると考えるのならそもそもこのような記述は登場しないはずなのであって、そこには作者を主人公に重ね合わせて読もうとする慣習を逆手にとって「事実」を攪乱《かくらん》していこうとする、したたかな戦略があるのではないだろうか。「私」は実作者を連想させつつも、時にそれをはぐらかし、時に「この小説」の読み方を提案し、あるいはまた読み手の先入観を変革していこうとする、融通無碍《むげ》なパフォーマーなのである。

ちなみに太宰治の『道化の華』にもやはり、次のような一節がある。

大庭葉蔵。

笑はれてもしかたがない。鵜《う》のまねをする烏《からす》。見ぬくひとには見ぬかれるのだ。よりよい姓名もあるのだらうけれど、僕にはちよつとめんだうらしい。いつそ「私」としてもよいのだが、僕はこの春、「私」といふ主人公の小説を書いたばかりだから二度つづけるのがおもはゆいのである。僕がもし、あすにでもひよつくり死んだとき、あいつは「私」を主人公にしなければ、小説を書けなかつた、としたり顔して述懐する奇妙な男が出て来ないとも限らぬ。ほんたうは、それだけの理由で、僕はこの大庭葉蔵をやはり押し通す。をかしいか。なに、君だつて。

このように、「私」が小説の作り手であることをみずから宣言し、読み手を「事実」と「非・事実」とのあいだに宙づりにしていこうとする操作にこそ、「私小説」と呼ばれてきた一連の作品群の本質があった。紙芝居が語り手のパフォーマンスによって成り立つように、また無声映画が移入された時、活動弁士が活躍したように、わが国の散文芸術は題材を素材として

「描く」ことよりも、これに舞台裏の情報を交えて「語る」ことにより注意が向けられてきた歴史を持っている(一一一〜一一三頁参照)。近代小説における一人称の「私」は、「この小説」のつくり手である「作者」を演じる時に常にもっとも精彩ある活躍が可能なのだということをみずから発見したのである。

不特定多数に語る、ということ

おそらく物質的に近代の小説をそれ以前と区別するもっとも大きな指標は「活字」であろう。もちろん江戸期にも独自の出版文化が栄えていたが、木製の版本から金属活字への転換によって(主に明治十年代に進行していった)、あるいはまた、それに基づく新聞というあらたなメディアの出現によって、近代小説の読者の数は、数千から数万へと一桁《ひとけた》増加していくのである。おそらく数千までならば、書き手はどのような読者が読んでくれるのか、ある程度その「顔」を具体的に予測することが可能であっただろう。しかし金属活字の文化においてそれはもはや不可能で、読者は匿名化し、これによって小説を享受する「私たち」を具体的に構想することもまた次第に困難になっていくのである。

近代の商業資本の元で「作者」の比重が大きくなっていくのは、こうした中での必然的な流れでもあった。ベルヌ条約への加盟(明治三二年)など、著作権は個人に帰する、という発想の浸透もあり、「誰が書いたのか」という情報は、書き手と読み手の共通の土俵をつくる上でますます重要性を増していったのである。当然のことながら、「作者」の存在が大きくなるに従って、作中人物に作者その人を重ね合わせて読む慣習もまた強くなっていくことだろう。

たとえば明治二三年に発表された『舞姫』は、鷗外自身のドイツ留学体験が踏まえられていることは一読して明らかであるにもかかわらず、当時の論議を見てみると、鷗外その人を重ねて読む、という発想は意外なほど希薄であったことがわかる。それが明治四〇年に田山花袋が『蒲団』を発表した時点では、表向きは客観小説の形がとられているにもかかわらず、花袋その人の大胆な告白として受け止められてしまい、センセーショナルな反響を呼んだのである。『舞姫』と『蒲団』と、このわずか一七年の間に、小説の受け取り方をめぐる決定的な変化があったわけである。

明治三十年代、文芸雑誌に「作者苦心談」「創作苦心談」といったコーナーが次第に増え始め、いわば〝舞台裏〟の情報に関するニーズが徐々に増えていくのだが、明治三九年には雑誌「文章世界」が創刊され、文壇情報誌として大きな役割を果たすことになる。口絵には文壇の大家たちの肖像や書斎、家族の写真、本文には作家になるまでの思い出、創作の裏話などが豊富に掲載されるようになり、こうした中で前章にも述べたように、小説家たちは互いの「起源」を小説の題材にし合うことによって、みずからを固有名詞として発信することにいそしむことになったのだった。

先に紹介した伊藤整の議論によれば、わが国では「文壇ギルド」という特殊な閉鎖空間が形作られ、それを前提にお互いの実体験を報告し合う、「私小説」という独自の小説形態が育まれたのであるという。しかしおそらくそれは話が逆なのであって、顔の見えぬ不特定多数の読者に対し、意識的に共同性(私たち)を仕掛けるためにこそ、互いの卑近な人間関係を題材にしたり、あるいはまた、旧作を引用することによって「小説家」としての補助シグナルが発信されていったのではあるまいか。それはいわば、「芥川龍之介」「志賀直哉」といった〝リングネーム〟をつくるために、大きな舞台で意図的に演じられた、小さな演技でもあったわけである。

読者の「顔」が見えなくなる、ということ

小説がみずから「小説」であろうとするために独自の仕掛けを発信し、「私」の演技空間としての〝文壇〟が形成された結果、明治の終わりから大正の半ばにかけ、小説はその全盛時代を迎えることになった。潜在する「私」が「小説家」を騙《かた》り、互いの役柄を演じ合うことに成

功したからこそ、逆に彼らはそれらをコンテクストに、客観的でプレーンな「描写」を旗にかかげて小説を書くことが可能になったわけである。

しかし、実はこの黄金期は実は二〇年にも満たないものだった。関東大震災後のマス・メディアの急成長によって、時代は第二の出版革命を迎えつつあり、講談社の「キング」の創刊（大正一四年）に象徴される大衆文化の勃興《ぼっこう》によって、文学の享受層はそれまでの数万から数十万へと、さらに一桁増加していくことになる。読者の「顔」が匿名化の度合を一層強めるのにともない、それまでの「文壇づくり」はもはや不可能な状況に陥り、小説もまた大きな変化を迫られたのである。

こうした変化を、昭和になってからデビューした太宰治を例に考えてみることにしよう。太宰治の青年時代（習作期）は、大正文壇における「小説家」のふるまいが一般化していた古き良き時代だった。小説を書き始めた旧制中学時代は、たとえば佐藤春夫と谷崎潤一郎が、谷崎の妻の「譲渡」をめぐってスキャンダラスな演技を繰り広げ、それを題材にくりかえし小説を書き合っていた時期でもある。太宰もまた、こうした〝演技〟を常に横目に見ていたわけである。

彼は旧制青森中学時代に同人誌を主宰しているが、その編集後記は「白樺」の「六号雑記

（同人の消息や雑談のコーナー）」を模倣している形跡があり、また、「文藝春秋」の文壇ゴシップをなぞってみたりしていたことも知られている。太宰は、一般に考えられているよりもはるかに古い文学環境――黄金期の大正文壇――を手本に文学的自己形成を行っていたわけである。だが、彼が実際に文壇デビューする昭和八〜一〇年においては、すでに文学を取り巻く状況は一変してしまっていた。「文壇」という舞台装置を前提にしようとしても、もはや一桁ちがう需要層を相手にはなす術《すべ》がない。結果的に作中の「小説家」の演技は「一人芝居」の様相を強めていかざるを得ず、むしろこうしたギャップを糧《かて》に、太宰固有の文学世界が立ち上がっていったものと考えられるのである。

一人芝居のパフォーマンス

太宰治の初期作品、『虚構の春』（昭和一一年）の一節を引いてみよう。

昨日、不愉快な客が来て、太宰治は巧《うま》くやつたねと云つた。僕は不愛想に答へた。「彼は僕たちが出したのです」――今日つくづく考へなほしてゐる。こんなのがデマの根になるのではないか――と。「ええ」といつておけば好いのかもしれない。それともまた「彼は立派な作家です」と言へばいいのか。ぼくはいままでほど自由な気持で君のことを饒舌《しやべ》れなくなつたのを哀しむ。君も僕も差支へないとしても、聞く奴が駑馬《どば》なら君と僕の名に関る。太宰治は、一寸、偉くなりすぎたからいかんのだ。（中旬）

私たちの作家が出たといふのは、うれしいことです。苦しくとも、生きて下さい。あなたのうしろには、ものが言へない自己喪失の亡者が、十万、うようよして居ります。日本文学史に、私たちの選手を出し得たといふことは、うれしい。雲霞《うんか》のごときわれわれに、表現を与へて呉れた作家の出現をよろこぶ者でございます。（涙が出て、出て、しやうがない）私たち、十万の青年、実社会に出て、果して生きとほせるか否か、厳粛の実験が、貴下の一身に於いて、黙々と行はれて居ります。（下旬）

『虚構の春』は、このように新進作家「太宰治」に宛てられた友人、先輩、読者、編集者らの手紙のコラージュ（切り貼り）によって成り立っている。さまざまなまなざしの中で「太宰治」のできあがっていくまさにそのプロセスが示されているわけで、これもまた、かつての「文壇」の崩壊を受けた、あらたな仕掛けと見るべきだろう。

なるほど作品外に「文壇」が想定できるうちはそれをコンテクストに他の「小説家」たちと

パフォーマンスを演じることができるかもしれない。しかしそれが不可能になった時、今度はテクストの内部で「一人芝居」を繰り広げていかなければならない。先にテクストの「私たち」づくりの作用が弱まった時、コンテクストへの依存が強くなるという法則を指摘したが、逆に、外部のコンテクストが弱くなった時、これを補うためにテクスト内部の演技性が強くなる、という法則もまた成り立つわけである。

太宰治の小説は「私小説」のパロディ、あるいは一変種である、と言われることもあるが、実はパロディなどではなく、「私小説」が本来持つ本質的な機能が前面に押し出された結果、生み出されたものだったのだ。

トリックスターとしての「私」

以上は読者論的な視点と表現論的な視点とを縒《よ》り合わせ、日本語の特色である「私」の機能について考えてみた、私なりの「私小説」論である。

不特定多数の読み手が書物を享受する近代の活字文化にあっては、ある内容が「小説」となるいきさつを書き手と読み手が共有するための「場」が、作品それ自体の中に括《くく》り入れられなければならない。その際、一人称の「私」は叙述の中を自由に行き交い、物語と読者との間をつなぐトリックスター（道化役）の役割を果たしてきた。時に三人称をよそおい、時に特定の作中人物をよそおい、また時に小説の作者に成り代わることにより、小説がまさに「小説」であり、単なる自伝やノンフィクションではないことをみずから主張し続けてきたのである。

近代の小説は個人主義や写実主義、人称や時制、といった舶来《はくらい》の概念をどのように取り入れていくか、という制約の中で、むしろそれらをバネに、「何を語ることができぬのか」を語ることによって、われわれに豊穣な世界を提示し続けてきた。「私小説」の存在が象徴的に示すように、小説はその内側からの要請として、みずからがみずからを否定する独自の文法を兼ね備えており、まさにこうしたネガティブな〝よそおい〟にこそ、機構上の特色があったものと考えられるのである。

戦後の高度経済成長期に「近代文学」はその全盛期を迎え、各種の文学全集が驚異的な売れ行きを示すことになる。こうした動きとも連動して、「近代小説」の概念に対する社会的合意もまた、一つの結実期を迎えることになったのだった。ある種の合意の元に物語内容を自信を持って示すことができるかぎりにおいて、小説の「私」の演技性もまた減じていくことになるだろう。しかし「文（書き言葉）」が「言（話し言葉）」をいかによそおうか、俯瞰的なまなざしと現場の実況中継の視点とをいかに折衷するか、聴き手をどのように叙述の中に構想するか、といった問題は、人間が文字を使い続けるかぎり、不易《ふえき》の課題でもある。「小説」の歴史は、その後も概念の組み替えが行われるたびに、隠れていたはずの「私」が活動を開始する営為のくりかえしだった。ネット化、デジタル化の時代の中で「小説」ジャンルがどのように変貌していくかは未知数だが、トリックスターとしての「私」は、今後も「小説」が危機を迎えるたびに、われわれの前にその魅惑的な姿を現してくれるにちがいない。

参考文献

安藤宏『自意識の昭和文学――現象としての「私」』(至文堂、一九九四年)
安藤宏『近代小説の表現機構』(岩波書店、二〇一二年)
安藤宏『日本近代小説史』(中央公論新社、二〇一五年)
安藤宏・高田祐彦・渡部泰明『日本文学の表現機構』(岩波書店、二〇一四年)
伊藤整『小説の方法』(河出書房、一九四八年)
イルメラ・日地谷＝キルシュネライト『私小説――自己暴露の儀式』(三島憲一ほか訳、平凡社、一九九二年、Irmela Hijiya-Kirschnereit, *Selbstentblößungsrituale: Zur Theorie und Geschichte der autobiographischen Gattung "Shishōsetsu" in der modernen japanischen Literatur*, Wiesbaden, Franz Steiner Verlag GmbH, 1981.)
宇佐美毅『小説表現としての近代』(おうふう、二〇〇四年)
Edward G. Seidensticker, trans, *Snow Country*, N.Y.: Knopf, 1956.
亀井秀雄『感性の変革』(講談社、一九八三年)
柄谷行人『日本近代文学の起源』(講談社、一九八〇年)

熊倉千之『日本人の表現力と個性　新しい「私」の発見』(中央公論社、一九九〇年)
小森陽一『構造としての語り』(新曜社、一九八八年)
小森陽一『文体としての物語』(筑摩書房、一九八八年、増補版、青弓社、二〇一二年)
杉山康彦『散文表現の機構』(三一書房、一九七四年)
鈴木貞美『「日本文学」の成立』(作品社、二〇〇九年)
鈴木登美『語られた自己　日本近代の私小説言説』(大内和子・雲和子訳、岩波書店、二〇〇〇年、Tomi Suzuki, *Narrating the Self: Fictions of Japanese Modernity*, Stanford Uni. Press, 1996.)
高橋修『主題としての〈終り〉——文学の構想力』(新曜社、二〇一二年)
高橋修『明治の翻訳ディスクール——坪内逍遙・森田思軒・若松賤子』(ひつじ書房、二〇一五年)
千種キムラ・スティーブン『『三四郎』の世界(漱石を読む)』(翰林書房、一九九五年)
中西進編『日本文学における「私」』(河出書房新社、一九九三年)
中村光夫『風俗小説論』(河出書房、一九五〇年)
野口武彦『小説の日本語』(中央公論社、一九八〇年)
野口武彦『三人称の発見まで』(筑摩書房、一九九四年)
野山嘉正・安藤宏共編『改訂版　近代の日本文学』(放送大学教育振興会、二〇〇五年)
土方洋一『物語のレッスン　読むための準備体操』(青簡社、二〇一〇年)
日比嘉高『〈自己表象〉の文学史——自分を書く小説の登場』(翰林書房、二〇〇五年)

平野謙『芸術と実生活』(講談社、一九五八年)
藤森清『語りの近代』(有精堂出版、一九九六年)
三谷邦明『物語文学の言説』(有精堂出版、一九九二年)
三谷邦明編、双書〈物語学を拓く〉2『近代小説の〈語り〉と〈言説〉』(有精堂出版、一九九六年)
『三好行雄著作集』全七巻(筑摩書房、一九九三年)
山田有策『幻想の近代　逍遥・美妙・柳浪』(おうふう、二〇〇一年)
山本正秀『近代文体発生の史的研究』(岩波書店、一九六五年)
山本芳明『文学者はつくられる』(ひつじ書房、二〇〇〇年)
ロラン・バルト『物語の構造分析』(花輪光訳、みすず書房、一九七九年、Roland Barthes, *Introduction à l'analyse structurale des récits*, Paris, Editions du Seuil 1966.)

引用本文について

本書の引用本文は、次の諸本を底本にしている。なお、表記は新字旧仮名づかいとし、ルビ(新仮名づかい)は適宜筆者の判断で補った。

『芥川龍之介全集』第一、十二、十四、十五巻(一九九五〜九七年、岩波書店)/『岩野泡鳴全集』第十一巻(一九九六年、臨川書店)/『宇野浩二全集』第二巻(一九七二年、中央公論社)/『鷗外全集』第一巻(一九七一年、岩波書店)/『定本 花袋全集』第一巻(一九九三年、臨川書店)/『荷風全集』第十七巻(一九九四年、岩波書店)/『川端康成全集』第二、十 二十一、二十七巻(一九八〇〜八二年、新潮社)/『志賀直哉全集』第二、三巻(一九九九年、岩波書店)/『漱石全集』第一、三、五巻(一九九三〜九四年、岩波書店)/『太宰治全集』2、5、10(一九九八〜九九年、筑摩書房)/『藤村全集』第三巻(一九六七年、筑摩書房)/『樋口一葉全集』第一巻(一九七四年、筑摩書房)/『二葉亭四迷全集』第一巻(一九八四年、筑摩書房)/『文藝講座』第七号(一九二六年、文藝春秋社)/『抱月全集』第二巻(一九七九年、日本図書センター)/『牧野信一全集』第四巻(二〇〇二年、筑摩書房)/『武者小路実篤全集』第一巻(一九八七年、小学館)/『室生犀星全集』第一巻(一九六四年、新潮社)/『明治文学全集』7、17(一九七一〜七二年、筑摩書房)/「早稲田文学」(一九〇八年九月号、一九一一年四月号)

あとがき

すぐれた小説を読む時、われわれは、よくもまあこのような的確で美しい表現が可能になったものだ、あるいはまた、人間の奥深い真理を巧みに表現することができたものだ、といった感銘に深く胸を打たれる。

おそらくこうした感銘には、相反する二つの思いが含まれているのではないだろうか。一つは、日頃自分だけの中にあると思っていた感じ方が、実は誰もが分かち持っている真理でもあったのだ、という普遍性への開眼であり、もう一つは、他では到底味わうことのできない、未知の世界に立ち会うことができたという、一回的な出会いの喜びである。

特殊と普遍の弁証法、とでも言ったらよいのだろうか。特殊なもの(一回的なもの)でありながら普遍的なもの(誰にも通じるもの)でもあり、普遍的なものでありながらも特殊なものである、というこの二重の感覚に揺さぶられることによって、われわれ読者の感動はより奥深いものに増幅していくのだろう。

この問題はおそらく文学を評論し、研究する立場とも別ではない。あるものの特色は、それがいかに特殊であるかを声高に言い立てても、実はあまり説得力を持たない。普遍性を前提にするからこそ、一方でその個別性、特殊性もまた際立ってくるのである。一見オリジナルに見える表現も、長い表現史の展開に照らして検討してみると、やはり何か理由があって、出るべくして出てきたものなのだ。と同時に、こうした必然性を持つからこそ、「それにしてもやはり……」という形で、偶然性、一回性が感動をもって実感されてくるのである。残念なことに、われわれがこれらを論じる時、ともすれば特殊性を言い立てることにのみ情熱を費やし、あるいはまた、必然を指さしてしたり顔になりがちなのが惜しまれる事態ではあるけれども……。

すでにお読み頂いたように、本書には近代の小説表現に共通して表れる、興味深い法則のようなものがいくつか示されている。〝なりきり―目隠しの法則〟〝メタ・レベルの法則〟、テクストとコンテクストをめぐる相補的な相互関係など、いずれもつたない説明ではあるけれども、これまで私が小説を読み解く中で、いわば経験知として見出して来た一般則である。稚拙を恐れず、あえてハンドメイドの形をとったのは、小説の魅力を一般原理に回収することなく、あくまでも具体的、個別的なレベルで考えていきたい、という思いがあってのことだった。日本の近代小説を、内側からの必然にそって、そこに自ずと働く〝文法〟のようなものを明らかにしてみたい、それによって初めて「名作」が「名作」であるゆえん(普遍性)もまた明らかになるのではないか、と考えてみたのである。

本書の出発点になったのは拙著『近代小説の表現機構』(二〇一二年、岩波書店)である。上梓してまだそれほど時を経ていないが、いまだ思索の途上であるがゆえに、読み返すたびにあらたな課題が泉のごとく湧出し、新しい水脈を形作っていくことにわれながら驚いている。二著を読み比べてそのプロセスを辿って頂ければこれに過ぎる幸いはないし、また、本書を手引きにすることによって、前著の理解がより進むのではないか、というささやかな期待のあることも告白しておかなければならない。

あたかも混濁した片栗粉の水溶液が時間をおいて少しずつ澄んでいくように、思索を続けていると、それまで異なる引き出しにしまい込まれていた事象が、透明感をもってつながってくる瞬間がある。まさに至福のひとときなのだけれども、今回それに該当するのは、ふと人形浄瑠璃の黒子のような存在が頭に浮かんできた瞬間だった。隠れた言表主体が小説の内部を跳梁し、小説の時空間を自由に出入りしているのではないか、と考えてみることによって、それまでの固定観念であった一人称小説と三人称小説との区別は必ずしも本質的なものではなくなり、あるいはまた幻想のあり方が一つの系譜につながってきたり、作品の外にいる作者と、それを思わせる作中人物とをつなぐ媒介項のようなものが浮かんできたりもしたのである。

今日「文学」を取り巻く社会的な環境はいよいよ厳しさを増している。目先の状況にただちに棹さすつもりはないけれども、おそらく一定以上の年季を積んだ大学教員は、すべからく、自身の習得してきた読解のスキルを一般に役立ててもらう責務を担っているのだろう。小著をヒントに小説を読み返してみたところ、これまで気のつかなかった意外な魅力を発見した、あるいはまた、小説を読み解くコツを体得できた、という思いを味わって頂けたら、著者としてこれに過ぎる幸いはないのである。

末筆になったが、本書はその構想も含め、岩波書店の古川義子さんのご助言なくしてはありえなかった。対話的な研究とは何か、ということについて考えるよすがを与えて下さったことに、あらためて深く御礼申し上げたいと思う。

二〇一五年一〇月

安藤　宏

安藤 宏

1958年，東京に生まれる．
1982年，東京大学文学部卒業．87年，同大学院人文科学研究科博士課程中退．同文学部助手，上智大学文学部講師，助教授を経て，
1997年，東京大学大学院人文社会系研究科に着任．
現在－東京大学教授，博士(文学)
専攻－日本近代文学
著書－『自意識の昭和文学──現象としての「私」』(至文堂，1994年)
『太宰治 弱さを演じるということ』(ちくま新書，2002年)
『近代小説の表現機構』(岩波書店，2012年，やまなし文学賞・角川源義賞受賞)
『日本近代小説史』(中公選書，2015年)

「私」をつくる 近代小説の試み　岩波新書(新赤版)1572

2015年11月20日 第1刷発行

著者 安藤《あんどう》 宏《ひろし》

発行者 岡本 厚

発行所 株式会社 岩波書店
〒101-8002 東京都千代田区一ツ橋2-5-5
案内 03-5210-4000 販売部 03-5210-4111
http://www.iwanami.co.jp/

新書編集部 03-5210-4054
http://www.iwanamishinsho.com/

印刷製本・法令印刷　カバー・半七印刷

ISBN 978-4-00-431572-8　Printed in Japan

岩波新書新赤版一〇〇〇点に際して

ひとつの時代が終わったと言われて久しい。だが、その先にいかなる時代を展望するのか、私たちはその輪郭すら描きえていない。二〇世紀から持ち越した課題の多くは、未だ解決の緒を見つけることのできないままであり、二一世紀が新たに招きよせた問題も少なくない。グローバル資本主義の浸透、憎悪の連鎖、暴力の応酬――世界は混沌として深い不安の只中にある。

現代社会においては変化が常態となり、速さと新しさに絶対的な価値が与えられた。消費社会の深化と情報技術の革命は、種々の境界を無くし、人々の生活やコミュニケーションの様式を根底から変容させてきた。ライフスタイルは多様化し、一面では個人の生き方をそれぞれが選びとる時代が始まっている。同時に、新たな格差が生まれ、様々な次元での亀裂や分断が深まっている。社会や歴史に対する意識が揺らぎ、普遍的な理念に対する根本的な懐疑や、現実を変えることへの無力感がひそかに根を張りつつある。そして生きることに誰もが困難を覚える時代が到来している。

しかし、日常生活のそれぞれの場で、自由と民主主義を獲得し実践することを通じて、私たち自身がそうした閉塞を乗り超え、希望の時代の幕開けを告げてゆくことは不可能ではあるまい。そのために、いま求められていること――それは、個と個の間で開かれた対話を積み重ねながら、人間らしく生きることの条件について一人ひとりが粘り強く思考することではないか。その営みの糧となるものが、教養に外ならないと私たちは考える。歴史とは何か、よく生きるとはいかなることか、世界そして人間はどこへ向かうべきなのか――こうした根源的な問いとの格闘が、文化と知の厚みを作り出し、個人と社会を支える基盤としての教養となった。まさにそのような教養への道案内こそ、岩波新書が創刊以来、追求してきたことである。

岩波新書は、日中戦争下の一九三八年一一月に赤版として創刊された。創刊の辞は、道義の精神に則らない日本の行動を憂慮し、批判的精神と良心的行動の欠如を戒めつつ、現代人の現代的教養を刊行の目的とする、と謳っている。以後、青版、黄版、新赤版と装いを改めながら、合計二五〇〇点余りを世に問うてきた。そして、いままた新赤版が一〇〇〇点を迎えたのを機に、人間の理性と良心への信頼を再確認し、それに裏打ちされた文化を培っていく決意を込めて、新しい装丁のもとに再出発したいと思う。一冊一冊から吹き出す新風が一人でも多くの読者の許に届くこと、そして希望ある時代への想像力を豊かにかき立てることを切に願う。

（二〇〇六年四月）

岩波新書より

文学

現代秀歌	永田和宏
近代秀歌	永田和宏
俳人漱石	坪内稔典
正岡子規 言葉と生きる	坪内稔典
季語集	坪内稔典
言葉と歩く日記	多和田葉子
杜甫	川合康三
白楽天	川合康三
古典力	齋藤孝
読書力	齋藤孝
食べるギリシア人	丹下和彦
和本のすすめ	中野三敏
老いの歌	小高賢
魯迅	藤井省三
ラテンアメリカ十大小説	木村榮一
王朝文学の楽しみ	尾崎左永子
文学フシギ帖	池内紀
ヴァレリー	清水徹
ぼくらの言葉塾	ねじめ正一
わが戦後俳句史	金子兜太
季語の誕生	宮坂静生
和歌とは何か	渡部泰明
ミステリーの人間学	廣野由美子
小林多喜二	ノーマ・フィールド
いくさ物語の世界	日下力
論語入門	井波律子
中国の五大小説 上 三国志演義・西遊記	井波律子
中国の五大小説 下 水滸伝・金瓶梅・紅楼夢	井波律子
中国文章家列伝	井波律子
三国志演義	井波律子
折々のうた	大岡信
新折々のうた 総索引	大岡信編
中国名文選	興膳宏
アラビアンナイト	西尾哲夫
グリム童話の世界	高橋義人
ホメーロスの英雄叙事詩	高津春繁
小説の読み書き	佐藤正午
チェーホフ	浦雅春
英語でよむ万葉集	リービ英雄
源氏物語の世界	日向一雅
花のある暮らし	栗田勇
一億三千万人のための小説教室	高橋源一郎
ダルタニャンの生涯	佐藤賢一
漢詩	松浦友久
花を旅する	栗田勇
一葉の四季	森まゆみ
翻訳はいかにすべきか	柳瀬尚紀
太宰治	細谷博
短歌パラダイス	小林恭二
歌い来しかた	近藤芳美
隅田川の文学	久保田淳
漱石を書く	島田雅彦
短歌をよむ	俵万智
西行	高橋英夫
新しい文学のために	大江健三郎

岩波新書より

随筆

ナグネ 中国朝鮮族の友と日本	最相葉月
医学探偵の歴史事件簿	小長谷正明
医学探偵の歴史事件簿 ファイル2	小長谷正明
里の時間	芥川仁 阿部直美
閉じる幸せ	残間里江子
女の一生	伊藤比呂美
仕事道楽 新版 スタジオジブリの現場	鈴木敏夫
もっと面白い本	成毛眞
面白い本	成毛眞
99歳一日一言	むのたけじ
土と生きる 循環農場から	小泉英政
なつかしい時間	長田弘
ラジオのこちら側で	ピーター・バラカン
百年の手紙	梯久美子
本へのとびら	宮崎駿
ぼんやりの時間	辰濃和男
文章のみがき方	辰濃和男
四国遍路	辰濃和男
文章の書き方	辰濃和男
思い出袋	鶴見俊輔
活字たんけん隊	椎名誠
活字の海に寝ころんで	椎名誠
活字博物誌	椎名誠
活字のサーカス	椎名誠
道楽三昧	小沢昭一 神崎宣武 聞き手
和菓子の京都	川端道喜
人生読本 落語版	矢野誠一
ブータンに魅せられて	今枝由郎
悪あがきのすすめ	辛淑玉
怒りの方法	辛淑玉
水の道具誌	山口昌伴
スローライフ	筑紫哲也
マンボウ雑学記	北杜夫
森の紳士録	池内紀
シナリオ人生	新藤兼人
老人読書日記	新藤兼人
夫と妻	永六輔
職人	永六輔
大往生	永六輔
現代人の作法	中野孝次
ジャズと生きる	穐吉敏子
日本の「私」からの手紙	大江健三郎
あいまいな日本の私	大江健三郎
沖縄ノート	大江健三郎
ヒロシマ・ノート	大江健三郎
命こそ宝 沖縄反戦の心	阿波根昌鴻
勝負と芸 わが囲碁の道	藤沢秀行
メキシコの輝き	黒沼ユリ子
アメリカ遊学記	都留重人
白球礼讃 ベースボールよ永遠に	平出隆
農の情景	杉浦明平
プロ野球審判の眼	島秀之助

芸術

宗教

- 高野山　松長有慶
- 密教　松長有慶
- マルティン・ルター　徳善義和
- 教科書の中の宗教　藤原聖子
- 『教行信証』を読む ―親鸞の世界へ　山折哲雄
- 親鸞をよむ　山折哲雄
- 国家神道と日本人　島薗進
- 聖書の読み方　大貫隆
- 寺よ、変われ　高橋卓志
- 日本宗教史　末木文美士
- 法華経入門　菅野博史
- イスラム教入門　中村廣治郎
- ジャンヌ・ダルクと蓮如　大谷暢順
- キリスト教と笑い　宮田光雄
- モーセ　浅野順一
- 蓮如　五木寛之
- 仏教入門　三枝充悳
- お伊勢まいり　西垣晴次
- 慰霊と招魂　村上重良
- 国家神道　村上重良
- お経の話　渡辺照宏
- 日本の仏教　渡辺照宏
- 仏教〔第二版〕　渡辺照宏
- 内村鑑三　鈴木範久
- 親鸞　野間宏
- 禅と日本文化　鈴木大拙　北川桃雄訳

心理・精神医学

- トラウマ　宮地尚子
- 自閉症スペクトラム障害　平岩幹男
- 自殺予防　高橋祥友
- だます心 だまされる心　安斎育郎
- 痴呆を生きるということ　小澤勲
- 〈こころ〉の定点観測　なだいなだ編著
- 純愛時代　大平健
- やさしさの精神病理　大平健
- 豊かさの精神病理　大平健
- 快適睡眠のすすめ　堀忠雄
- 精神病　笠原嘉
- 生涯発達の心理学　高橋惠子　波多野誼余夫
- 心病める人たち　石川信義
- コンプレックス　河合隼雄
- 日本人の心理　南博

岩波新書より

哲学・思想

〈運ぶヒト〉の人類学　川田順造
哲学の使い方　鷲田清一
ヘーゲルとその時代　権左武志
柳　宗悦　中見真理
人類哲学序説　梅原　猛
加藤周一　海老坂武
哲学のヒント　藤田正勝
空海と日本思想　篠原資明
論語入門　井波律子
トクヴィル　現代へのまなざし　富永茂樹
和辻哲郎　熊野純彦
西洋哲学史　古代から中世へ　熊野純彦
西洋哲学史　近代から現代へ　熊野純彦
現代思想の断層　徳永　恂
宮本武蔵　魚住孝至
いま哲学とはなにか　岩田靖夫
西田幾多郎　藤田正勝
善と悪　大庭　健
丸山眞男　苅部　直
世界共和国へ　柄谷行人
悪について　中島義道
ポストコロニアリズム　本橋哲也
ハイデガーの思想　木田　元
現象学　木田　元
私とは何か　上田閑照
戦争論　多木浩二
キケロ　高田康成
プラトンの哲学　藤沢令夫
術語集Ⅱ　中村雄二郎
術語集　気になることば　中村雄二郎
臨床の知とは何か　中村雄二郎
哲学の現在　中村雄二郎
マックス・ヴェーバー入門　山之内靖
近代の労働観　今村仁司
民族という名の宗教　なだいなだ
権威と権力　なだいなだ
戦後ドイツ　三島憲一
ニーチェ　三島憲一
「文明論之概略」を読む　上・中・下　丸山真男
日本の思想　丸山真男
近代日本の思想家たち　林　茂
文化人類学への招待　山口昌男
生きる場の哲学　花崎皋平
死の思索　松浪信三郎
イスラーム哲学の原像　井筒俊彦
孟子　金谷　治
知者たちの言葉　斎藤忍随
プラトン　斎藤忍随
朱子学と陽明学　島田虔次
デカルト　野田又夫
ソクラテス　田中美知太郎
現代論理学入門　沢田允茂
哲学入門　三木　清

岩波新書より

言語

ものの言いかた西東	小林隆 澤村美幸
ことば遊びの楽しみ	阿刀田高
日本語スケッチ帳	田中章夫
日本語雑記帳	田中章夫
日本語の考古学	今野真二
辞書の仕事	増井元
実践 日本人の英語	マーク・ピーターセン
心にとどく英語	マーク・ピーターセン
日本人の英語 正・続	マーク・ピーターセン
ことばの力学	白井恭弘
外国語学習の科学	白井恭弘
百年前の日本語	今野真二
女ことばと日本語	中村桃子
テレビの日本語	加藤昌男
英語で話すヒント	小松達也
仏教漢語50話	興膳宏
漢語日暦	興膳宏
語感トレーニング	中村明
曲り角の日本語	水谷静夫
日本語の古典	山口仲美
日本語の歴史	山口仲美
日本語と時間	藤井貞和
ことばと思考	今井むつみ
漢文と東アジア	金文京
日本語の源流を求めて	大野晋
日本語の教室	大野晋
日本語練習帳	大野晋
日本語の起源〔新版〕	大野晋
日本語の文法を考える	大野晋
名前と人間	田中克彦
言語学とは何か	田中克彦
ことばと国家	田中克彦
英文の読み方	行方昭夫
漢字伝来	大島正二
漢字と中国人	大島正二
日本の漢字	笹原宏之
ことばの由来	堀井令以知
コミュニケーション力	齋藤孝
聖書でわかる英語表現	石黒マリーローズ
言語の興亡	R・M・W・ディクソン 大角翠訳
中国現代ことば事情	丹藤佳紀
ことば散策	山田俊雄
日本人はなぜ英語ができないか	鈴木孝夫
教養としての言語学	鈴木孝夫
日本語と外国語	鈴木孝夫
ことばと文化	鈴木孝夫
日本語ウォッチング	井上史雄
日本の方言	柴田武
日本語〔新版〕上・下	金田一春彦
日本語の構造	中島文雄
かな その成立と変遷	小松茂美
ことばとイメージ	川本茂雄
外国語上達法	千野栄一
記号論への招待	池上嘉彦
翻訳語成立事情	柳父章

岩波新書より

奈良の寺　奈良文化財研究所編
植民地朝鮮の日本人　高崎宗司
漂着船物語　大庭脩
東西／南北考　赤坂憲雄
日本文化の歴史　尾藤正英
日本の神々　谷川健一
日本の地名　谷川健一
南京事件　笠原十九司
裏日本　古厩忠夫
日本社会の歴史 上・中・下　網野善彦
日本中世の民衆像　網野善彦
絵地図の世界像　応地利明
古都発掘　田中琢編
宣教師ニコライと明治日本　中村健之介
神仏習合　義江彰夫
謎解き洛中洛外図　黒田日出男
韓国併合　海野福寿
従軍慰安婦　吉見義明

中世に生きる女たち　脇田晴子
琉球王国　高良倉吉
平泉 よみがえる中世都市　斉藤利男
暮らしの中の太平洋戦争　山中恒
ルソン戦—死の谷　阿利莫二
江戸名物評判記案内　中野三敏
徴兵制　大江志乃夫
田中正造　由井正臣
日本文化史〔第二版〕　家永三郎
原爆に夫を奪われて　神田三亀男編
神々の明治維新　安丸良夫
神の民俗誌　宮田登
漂海民　羽原又吉
天保の義民　松好貞夫
太平洋海戦史　高木惣吉
太平洋戦争陸戦概史　林三郎
世界史のなかの明治維新　芝原拓自
昭和史〔新版〕　遠山茂樹・今井清一・藤原彰

管野すが　絲屋寿雄
福沢諭吉　小泉信三
吉田松陰　奈良本辰也
大岡越前守忠相　大石慎三郎
江戸時代　北島正元
織田信長　鈴木良一
豊臣秀吉　鈴木良一
京都　林屋辰三郎
日本国家の起源　井上光貞
日本の歴史 上・中・下　井上清
天皇の祭祀　村上重良
米軍と農民　阿波根昌鴻
伝説　柳田国男
岩波新書の歴史 付・総目録 1938-2006　鹿野政直

シリーズ日本近世史

戦国乱世から太平の世へ　藤井讓治
村 百姓たちの近世　水本邦彦
天下泰平の時代　高埜利彦

岩波新書/最新刊から

1563 **人間・始皇帝** 鶴間和幸 著

地下から発見された新史料により、『史記』が描く従来の像を書きかえ、可能な限り同時代の視点から人間・始皇帝の足跡をたどる。

1564 **ヒョウタン文化誌** ―人類とともに一万年― 湯浅浩史 著

ヒョウタンは最古の栽培植物の一つ。容器や楽器の原点であり精神的な側面もあわせもつ。広くて深いヒョウタン文化の実像を描く。

1565 **昭和史のかたち** 保阪正康 著

なぜ泥沼の戦争へと突き進んだのか？ 局面ごとの図形モデルを用い大胆に解説。現代に適用可能な歴史の教訓を考える。

1566 **検証安倍イズム** ―胎動する新国家主義― 柿﨑明二 著

「美しく誇りある国」が国民を指導していく――。経済政策から安保法制まで「首相の言葉」から探る安倍流国家介入型政治の本質。

1567 **生命保険とのつき合い方** 出口治明 著

生命保険に入る前に、これだけは知っておこう。あなたに必要な保険の種類、保険金の額、加入期間は？ 分かりやすく解説します。

1568 **雇用身分社会** 森岡孝二 著

いつでも切られる派遣。低時給で有期雇用のパート。時間の「奴隷」と化す正社員。こんな身分社会でいいのか。抜け出す道筋は？

1569 **ガリレオ裁判** ―400年後の真実― 田中一郎 著

ガリレオは本当に科学者として宗教と闘った英雄だったのか。新たに公開された記録を読み解く。裁判の見方を根底から変える決定版。

1570 **スポーツアナウンサー** 実況の真髄 山本浩 著

サッカー中継のパイオニアとして数かずの試合を実況し、ファンの胸に忘れがたい言葉を刻みこんだ名手が語る、スポーツ実況論。

(2015.11)